沉默的声音

SILENT VOICE

行动心理搜查官

楯冈绘麻

[日]佐藤青南 | 著

段世华 | 译

台海出版社

◇千本櫻文庫◇

◇前言 PREFACE

文库，原本是指收纳书物的仓库和书库，也指收纳书与记事簿，以及不常用物品的小箱子。以前者为例，京浜急行线的"金泽文库站"就是以前镰仓时代北条氏用来收藏汉书用的，"金泽文库"名字的由来便是如此。东京都的世田谷区也存在着收集着珍贵汉书的"静嘉堂文库"。后者则更多地被称为"手文库"。

江户时代以来，可以放入袖袂的小开本书籍逐渐流行起来，被称为"袖珍本"。明治三十六年（1903年），富山房发行了小开本的丛书，起名"袖珍名著文库"。随后，明治四十四年（1911年），讲述战国时代的猿飞佐助和雾隐才藏系列故事的讲谈社"立川文库"发行出版。讲谈是日本民间艺术，以口语化的方式讲述历史故事的形式。而"立川文库"则是将讲谈收录成册集中出版的丛书，据统计，当时刊行量为200册左右。从那时起，文库就脱离了原本的释意，逐渐演变成了现在的类书集丛。

文库说法借鉴了日本出版业界的传统说法。而千本樱源自日本奈良县吉野山樱花盛开的奇景，世人皆称"一目千本樱"来形容樱花美景。千本樱文库的纳入作品皆为日系作品，题材包括推理、悬疑、幻想、青春、文化等类型，正如千本樱满山盛开的绝景。

现代日本，以"文库"命名刊行的丛书系列有200种以上，所谓"文库本"只不过是统称而已。日本传统的"文库本"常用的是A6尺寸的148mm×105mm，也叫"A6判"。千本樱文库的所有书籍将在"文库本"的基础上提升，达到148mm×210mm的开本标准。追求还原的前提下，力图带给读者更清晰的阅读体验。

从20世纪70年代以来，日系推理小说逐步进入中国读者的视野。随着时代更替，涌现出一大批不同风格的作家。日系推理能够长久不衰的原因之一在于设立的各种奖项，这些奖项能为日本文坛输送新鲜血液，不断地创作优秀作品。"这本推理小说了不起！"大奖2002年由宝岛社、NEC、Memory-Tech联合创办，以发现有趣的作品、发掘新的才能以及构筑新的体系为目标。主要奖项分为大奖、优秀奖、"隐玉"奖（编辑部推荐奖）等。

2017年，佐藤青南凭借《关于少女的杀人告白》荣获第9届"这本推理小说了不起！"大奖优秀奖，并正式出道。随后创作了"行动心理搜查官·楯冈绘麻"系列，目前该系列共有八部作品，本书为第一部。2008年本作实现了第一次真人化，由内山大典执导，栗山千明（饰楯冈绘麻）、马场彻（饰西野圭介）主演。2020年，电视剧第二季及特别篇也陆续开始放送。本书为新类型心理学悬疑小说，文中出现了很多心理学知识。此外，两位主人公之间的互动也为本作增加了许多乐趣。这场心理博弈，究竟谁才是赢家？

千本樱文库编辑部

◇作家 WRITER

鲇川哲也奖作家系列

- ◇ 相泽沙呼
- ◇ 城平京
- ◇ 芦边拓
- ◇ 柄刀一

梅菲斯特奖作家系列

- ◇ 天祢凉
- ◇ 西尾维新
- ◇ 井上真伪
- ◇ 殊能将之
- ◇ 木元哉多
- ◇ 北山猛邦

其他作家系列

- ◇ 深木章子
- ◇ 三津田信三
- ◇ 乙一
- ◇ 仓知淳
- ◇ 横关大
- ◇ 野崎惑

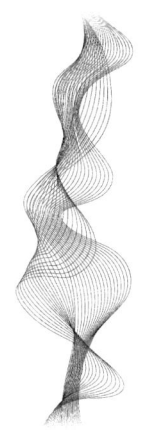

目录

第一话 YES 还是 NO？ 001

第二话 若近若远的距离 045

第三话 我什么都知道 097

第四话 谁是有名的演员？ 143

第五话 漂亮的玫瑰全身是刺 193

CONTENTS

任何五官健全的人必定知道他不能保存秘密。如果他的嘴唇紧闭,他的指尖会说话,甚至他身上的每个毛孔都会背叛他。

——西格蒙德·弗洛伊德

SILENT VOICE

第一话　YES还是NO？

1

"不好意思,刚才就注意到你了,小姐姐,你多大了?"

"你看像多大?"

"真是的,用问题回答问题,服了你了。嗯……二十六?不,二十五!"

"噗,很遗憾。但是,能看上去这么年轻,我很高兴哦。"

"这么说的话,那就是更……大一些喽。"

"哎呀,差不多可以了吧,问女士年龄很失礼的哦。"

"也没有呀,来都来了,就没必要有所保留了吧。"

简直就是夜店的客人与陪酒女。对于背后这二人的对话,西野圭介厌烦地叹了口气。难道这样的内容也需要记录吗?然而,他的手指却没有思考这么多,还是条件反射地在键盘上敲打着,他有点恨这几根手指了。

"真的吗?小姐姐你不会比我大一轮吧?也就是……"

"好了好了好了,不要再问了。"

男人突然用很高的音调笑出声来,听着很不舒服。西野不由得皱起眉头。

第一话　YES 还是 NO？

每次都是这样，简直不敢相信这竟然是审讯中的对话！这里是警视厅本部大楼里的审讯室。西野缩着肩膀，双腿规矩地放在桌子下面，坐在墙角，面对着一台笔记本电脑。这个房间没有窗，大约三叠大小，也就五平方米左右吧。房间布置简单乏味，相反的是气氛居然显得很亲密。背后这对男女，围着桌子相视而坐，怎么想都觉得他们在聊的根本就不是这个场合该说的话。

"好不好嘛，告诉我嘛。"

男人叫崎田博史，二十三岁，自称是打工族。油腔滑调的，是案件的嫌疑人。

"怎么说好呢。"

女人叫楯冈绘麻。真令人难以置信，她居然是刑警，还自称二十八岁。从西野三年前进入搜查一科时，她就一直宣称自己二十八岁。终于变成跟西野"同龄"了，现在是巡查部长。

"西野，泡杯茶。"

在这种时候，等级关系还是很分明的嘛。

西野慢吞吞地站了起来，走到门后，拿起一个扣在小桌子上的茶杯。

"喂，西野，我也要，我也要。"

嫌疑人这副不客气的样子，把西野气到脸颊抽搐。

"说什么呢，你！"

他回头大吼了一声，崎田马上就露出一脸不愉快的表情。高耸的金发，夏威夷衬衫，半露着胸脯，把牛仔布的喇叭裤故意穿得很低，看着很嚣张，其实这些打扮只不过是掩饰自己脆弱的外壳而已。这个结论也是西野做警察积累的经验。想当初他穿着制服例行巡街，执行讯问盘查任务，可谓是身经百战。这种人，人多时就很嚣张，一个人时就特别顺从。

不过，他像是突然想起自己的立场了，那样的表情并没有持续很久。不是因为别的，这不是搜查一科的巡查部长在他身边呢吗。

"我说西野，你就别吓嫌疑人了。本来就长了一张可怕的脸。"

西野刚把茶杯放在桌子上，就被楯冈给训了一通。

"是啊，是啊，西野。表情很恐怖哦，微笑，微笑。"

崎田用双手的食指，向上戳自己的脸颊，露出了虎牙，做出笑脸的样子。

"你这混蛋……"

"西野。"

西野愤怒的双肩上提又落下，控制了一下情绪。

楯冈穿着笔挺的西服套装，双腿自然地交叉在一起，扭过身来，看了一眼这边。确实是大美人啊，走在大街上，回头率百分之百的那种。但是，不知怎么的，总能从她身上看到大学时代一位学长的影子呢。那位学长曾拼命地练过柔道，让人看到就不自觉地紧张起来，浑身不舒服。

"不过呢……楯冈小姐。"

尽管自己努力地尝试辩解，但被驳回后就总是不知所措了。是无情的挫败感，被教训得体无完肤的溃败。

"赶快去做你的工作吧。"

"但是呢，呃……"

"什么？"

她一反平时漂亮的招牌笑容，眉毛拧成一团。眉心处深深的纹路像一把刀。西野屏住了呼吸，到底谁是嫌疑人啊？他对这种不讲理的做法，已经怒气爆满。

"你啊，对我的做法有什么怨言吗？"

当然了，还用说吗，一肚子都是。

虽然心里这样想，但并没有说出口。他意识到自己有爱顶嘴的习惯，有些招人讨厌。

"没有……并没有啊。"

"那就赶快过去吧，没时间了。"

楯冈用下巴指示着西野，命令他做事。

西野板着脸，拉过椅子，又坐在电脑前。

虽然这就是她的办案风格，但西野并不认同。有必要对嫌疑人用这么好的态度吗？

楯冈刚进入审讯室时，就说"你是崎田博史吗？请多关照"的话，并主动握手。还说什么"哇，真是个大帅哥啊"之类忽悠的话。接着，就开始固定的夜店式的聊天了。然后，嫌疑人就被搞得很嚣张。

"不过啊，我说，居然有这么漂亮的女警官。惊到我了，真是个大美人啊。"

这个混蛋，嘴里一边发出喝茶的声音一边念叨着，心情很好的样子。

"什么啊,说什么呢?你平时经常这样哄女人吧?"

"没有没有,没有这样的事。小姐姐你正好就是我喜欢的类型呢,你有男朋友吗?"

有还是没有,跟你有关系吗?混蛋!

"这个嘛,我最近刚刚分手呢。三十八岁,一个搞贸易的。"

"哦,怎么就和这么个大美人分手了呢……真是搞不明白啊,那……我就替补上喽。"

那也不可能是你这种家伙啊,你不配啊!

混蛋,混蛋,白痴,白痴!

西野这种感性的咒骂倒也不无道理,还算是挺客观的。

不能被她茶色的大波浪、温柔的眼眸骗到。这副容貌本身,恰恰就是搜查一科的王牌斗士楯冈绘麻,在审讯时使用的武器,这是个陷阱。

她经办的案件中,嫌疑人的供述率达到百分之百。因为在日语里面"绘麻"的发音和"阎王"相同,就演化出"阎王"这个称呼了。这也表达了男警官们对她审讯能力的敬意和嫉妒吧。审讯本应该是警察厅警部、警部补们的工作,她作为一介小小的巡查部长屡次担任重要案件的调查要职,受到周围人的关注或羡慕也是情理之中的事。阎王这个称号,据说通过刑事部长,都传到了警视厅长官的耳朵里了。

尽管如此,西野唯独对这次的审讯,感到格外的焦躁。

当然了,不能怀疑楯冈的办案手法。就算对手法不满,迟早,崎田也是要招供的。但是，时间不等人啊。不能尽快让他招供的话，人质就有危险了。

不，不排除人质可能已经……

西野噘起紧闭的嘴唇，试图消除这种消极的想法。

某家公司的经营者富田正道的长女，三岁的优果在大田区平和岛的一家超市的停车场里失踪，距今已经三天了。

"所以啊，为什么我会被带到这里来，我是真的不知道啊！"

崎田依然拒绝配合，自被逮捕以来，一直都是这样，坚决否认自己参与了犯罪。

优果失踪以来，富田家多次接到勒索电话，对方要求交付两千万日元的赎金。布置在富田家的SIT（搜查一科特殊犯搜查系）前线指挥部，一边拖延着交易时间，一边持续追踪电话来源。结果显示，电话分别来自新宿、涉谷、杉并区内的几处公共电话。大概是犯人预料到电话会被反向追踪，所以每次都改变打电话的地点。

大森北署的特别搜查本部，把东京都内的公共电话亭都标记了出来，并派了便衣警察进行埋伏监视。不过，只要求他们找出是哪部电话打出的，而不能与可疑人物发生接触。因为，打电话的人可能只是一个联络人而已，他可能还有同伙。埋伏的警察们接到的命令是"不能接触可疑人物"，而是要跟踪可疑人物，然后突击搜查他们的藏身处。

然而，埋伏在西新宿地下通道的公共电话附近的便衣警察，却把崎田给逮捕了。那么，如果考虑到崎田还有同伙的话，人质就危险了，甚至有可能已被杀害，或者犯人已经逃亡。因此，必须尽快找到犯人

的藏身之处，保护人质安全。

"嗯嗯，是啊。只是打个电话而已，突然就跳出一群恐怖的大叔，你自然会下意识地想要逃跑。"

楯冈话锋一转，站在了嫌疑人的立场。虽然其他警察也会用这种说话方式进行审讯，但楯冈更加得心应手。常常用这种方式给正在得意的嫌疑人来个突然袭击，让对方乱了阵脚。

"就是啊。什么绑架啊什么的，根本不知道你们在说什么。我前面也有一个打过电话的人，难道就不可能是他吗……一定是他。没错，就是那个人。"

这是崎田一直坚持的说法。说只是想要给朋友打个电话而已，然而刚放下话筒，就有一群可疑的男子向自己走过来，所以才慌忙逃走，根本没想到会是警察。

不可能是这样的啊！

西野此刻好想抓住嫌疑人的领子吓唬吓唬他。

不巧，麻烦的是，负责埋伏的人并不是刑警，而是警务科的内勤警官。

巧的是，从歌舞伎町的餐饮店抬出来的塑料垃圾桶里，发现了装着尸体碎块的黑色塑料袋子，这件事已经被媒体闹得满场皆知了。由于西新宿署刑事科对特别搜查本部投入了过多的探员，因而为了应对绑架事件，不得不向警务科求助，叫来内勤做支援。

那么崎田所说的，在他之前是不是有人使用过公共电话，负责埋伏的便衣们也直挠头，说不清楚。在都内无数个公共电话亭中，根本就没想到自己看守的这个就成了目标，所以一眼没看到就疏忽了。这对于刑警来说，肯定是个不能容忍的失误。

楯冈拉动椅子，摩擦地板发出声音，随后问道："你可以把你前面打电话那个人的特征描述一下吗？"

"啊？这……"

"是男？是女？"

"是个男的啊。个头比我略高一些，身高大概一米七五上下吧。体形中等，头发花白。啊……下巴那里好像有一颗黑痣。穿着深蓝色的夹克，好像还披着件防寒服，裤子应该是黑色牛仔裤。然后……对了，我听到了他说的话，感觉不是日语。从发音上判断，更……像中文……对，是个中国人。"

楯冈好像在做着笔记，可以听到笔尖划过纸面的声音。

为什么要做笔记啊？他肯定是胡说的啊！

西野在内心呐喊，却不能说出来，只能干着急，任这种情绪在体内膨胀。自己现在什么都做不了，只能选择相信这个眼看着思路被带偏的楯冈了，相信她内心一定装着更加缜密的计划。

"你为什么要使用公共电话呢，不是有手机吗？"

"智能机嘛，这种东西很快就没电了。刚打完一声招呼就关机了，没办法啊。"

"确实是这样哦，有时不知给谁打着电话就……"

"是啊，是啊，真是受不了啊。"

"那，你电话打给谁了呢？"

"是朋友。我在那附近的 Tully's 咖啡店等他，可他过了好久都不来，就想给他打个电话，但没接。然后突然有人拍我肩膀，回头一看，像一群黑社会大哥，所以我就跑啊，这换了谁不得跑啊。"

绘麻停住了手里圆珠笔写字的动作，用手支着脸。

"原来如此啊。那个……真的是如你所说啊，我知道了。那么，犯人可能是个混黑社会的中国人吧。"

"嗯，应该是。"

"嗯？怎么了？"

"我说，大姐，就因为你是个大美女，我都忘了你还是个刑警呢。听完你这么厉害的推理才发现，你真是不得了啊。"

"啊，你才是真的厉害啊，你这本事能让多少女人为你落泪啊。"

"我啊，和你比还差得远了。大姐你才是江湖老手，嗯……改天一起吃个饭吧。"

"呃……但是，我可比你大不少哦。"

"说什么呢？完全没问题的啊。而且，爱与年龄无关。"

——啊，真是够了，拜托了，我的神啊，我的女魔头啊。

他们在谈笑风生，而背后的西野那敲键盘的手指，似乎在祈祷他们赶快闭嘴。

2

楯冈绘麻双手交差放在桌子上，观察着嫌疑人的举动。

"喂，比起这个事啊。"

她故意娇作地把脸靠了过来，感受到对方微微的口气，说明口腔内开始活跃的分泌唾液了。这是放松警惕的表现。

"我想听那个三十八岁的商社男的故事。为什么就分手了呢？"

"嗯。"

绘麻脸上保持着笑容，手用力握了一下。

在她刚进入审讯室的时候，崎田是半躺在椅子上的，双脚张开，伸向前方。运动鞋的鞋尖向外侧打开着，上身倾斜，一只手臂搭在椅子的靠背上。

从行为心理学的角度来分析，双脚打开，挺起胸膛的姿势有着宣示领地的含义。身体姿势倾斜、脚尖向两侧打开，则有着驱赶对方的意义。是一种很明显地表现出警戒心、不安、紧张，并且准备对决的姿态。

不过，这会儿的崎田，把手放在了桌子上，看着对面审讯自己的警官，表情也变得相当柔和。在绘麻拿起水杯要喝水的时候，他的手也摩挲手里的水杯。这是一种同步的模仿动作，可以判断他已经对对方产生了好感。

绘麻的本事是，在工作当中，尤其进行审讯时，有着与生俱来的超乎常人的洞察力。她还掌握了扎实的非言语沟通的理论基础，总是能够证实自己的推理。从对方无意识的表情及动作中，解读出其真实的内心想法。

"外遇呗，不就是那点事吗，这种人啊。"

西野远远地看着，叹了一口气，不应该光顾着聊天啊。他只能自我安慰：这一定是为了拉近心理距离，才故意说出自己的隐私，这是一种话术吧。

　　"唉，这人可真差劲啊，真是理解不了。"

　　这句答话中透露着些许同情，由此也可以看出战术奏效了。

　　"嗯，大家都很忙，也没有时间见面，没有办法啊。而且……"

　　绘麻将身体靠在靠背上，不动声色地，将视线往下移。见到崎田的运动鞋的鞋尖向上翘起，

　　脚尖像小狗摆尾一样的摇动着。这种肢体语言，是在表达着喜悦的心情。

　　"我……还可以识破谎言啊。"

　　这是要开始进攻了吗？绘麻含着笑容，将视线上扬。

　　"啊，就是女人的直觉呗。"

　　崎田一副很世故的样子，抽动了一下单侧的脸颊。

　　"呃，这个嘛，和你说的直觉不太一样哦。比直觉更靠谱……"

　　绘麻把食指放在嘴唇上，抬起头仿佛看着远方。

　　"是与大脑边缘系统的对话。"

　　结尾故意带着一丝疑问的语气，并宛然一笑。

　　"大脑……的什么？"

　　对着这个毫无防备的歪着头表示不解的嫌疑人，就这样开始了正式的攻击。

　　"人类的脑，大概分为三个部分。大脑边缘系统、大脑新皮质，

还有脑干。三个部分共同合作，负责管理人类的生理活动。"

对于这个突然开始的话题，他显然是迷茫的，这是自然。眉毛上挑，鼻孔微张，从崎田表情的变化上，可以看出他在动摇。

"其中，脑干的功能是维持人类的基本生命活动。而大脑边缘系统是管理感情的，大脑新皮质是负责思考的。"

"呃，这是想说什么？"

他问了一句，然后半张着嘴，不过绘麻并没有理会他。

"人类大脑的最大特征，就是大脑新皮质非常发达。因此，才产生了语言这种复杂的沟通方式。但是由于过于复杂，有时语言所表达的意思，可能是违背真实想法的，这就是说谎。如果把最原始、本能地进行条件反射的大脑边缘系统称为诚实的脑，那么大脑新皮质就是会说谎的脑。"

比如说吧，绘麻一旦视线开始飘忽，就会把食指放在脸的附近，做画小圆圈的动作。然后，用指尖指向对方的脸。

"你，是你给富田的家里打的勒索电话吧？"

"啊？什么？"

崎田居然还没有发现绘麻的敌意，还沉浸在对绘麻美好的第一印象中。人类彼此的印象在初次见面的四分钟左右就定型了，而要想颠覆这个第一印象，需要花费很多的时间。

"给富田家打电话的人，就是你吧？"

"说了不是啊，刚才就说过了啊。"

崎田气势坚定地摇着头说道。然而，绘麻却摊开双手，耸了耸肩，表示自己已经击中了要害。

"看吧,说谎了。被识破了吧。"

"你有什么根据这么说?"

"所以,你,是承认了呗?"

"承认什么啊,我……没有承认啊。"

崎田再次摇头。

"就在刚刚,就那么一瞬间,你承认了。可能是你自己都没有发觉吧?"

"说什么呢?"

"想听吗?"绘麻的上身隔着桌子向他靠过来。

"你的头之所以左右摇摆,是因为接到了来自大脑新皮质的指示。新皮质支配着思考,它在接受并理解信息后会向身体传达指令,但这需要花费时间。虽然,仅仅是那么一瞬间。"

她把食指和拇指靠拢,指尖只留出了少许的间隙。然后她闭上一只眼睛,透过用手指围成的圈,看到对面的那张脸开始阴沉了下来。

"人虽然可以借由大脑新皮质说谎,但并不能做到完美。因为在谎言完成之前,大脑边缘系统的反射就已经反应到身体上了。仅有五分之一秒的一个细微的动作,也就是所谓的微反应。通过对微反应的观察,我就可以识破谎言。对那位三十八岁的商社男来说也好,对初次见面的你来说也好,不管是谁都一样的。"

绘麻的话里面,居然还带着一丝丝忧伤,应该是回忆起分手的恋人了吧。

当时的那个人，现在应该说是前任了，是个嘴硬的男人，不肯承认自己出轨。但当时，他却下意识地一直抚摸自己的脖子。这就是说谎的人表现出来的，典型的自我安慰行为。

对人类来说，在表达与真实想法不一致的语言时，多少都会伴随着不安与紧张。摸眼部、摸鼻子、摆弄头发、舔嘴唇、身体乱抖等。说了谎，就需要做点什么来消除心理上的压力，这叫作安慰行为。对于这种安慰行为进行分析和判断，就能推断出话语的真假。

不过，判断安慰行为，需要充分了解对方平时的习惯。比如说，身体乱抖，不一定就能断定是在说谎，很可能就是一个单纯的习惯或毛病。

绘麻和嫌疑人打成一片的目的，就是要掌握对方平时的习惯或毛病，为鉴别真假采样。

审讯开始的二十分钟，就是在收集材料，接下来就是对素材进行整理分析。

"真无聊，你到底在说什么啊？"

崎田的手从桌子上抽了回来，靠在椅子的靠背上，双手下垂。

"这是心理上的逃避。"

他双手交叉胸前，故意提高音调指责说："这又是什么啊？"

"感知到危险的动物，行为上会有三个阶段。Freeze 身体僵直，Flight 逃跑，Fight 战斗，这就是所谓的 3F 理论。当你被指出说谎时，最先表现出的惊讶就是身体僵直。然后，现在是第二个 F 阶段，Flight 开始逃跑。就你现在做的，把脸扭到一边，也是谎言被识破之

后，因恐惧而要逃跑的心理表现。"

"胡扯，什么乱七八糟的。"

崎田把手放下，左膝微微上下晃动。这是在他在放松状态下没有做过的动作。

"是嘛，一会我们就知道了。"绘麻坦然微笑道，接着又以一种与其说是询问不如说是确认的口吻说："你认识富田优果小姐吧？！"

"不认识啊！"崎田低声狠狠地回答。

绘麻和他对视着，察觉到他眨眼时闭眼的时间比之前略久了一点，便知道了这是谎话。

"优果小姐是安全的，你知道吧？"

"不是说了不认识了吗？"——这一次崎田摸了一下自己的喉结。这是一种想要保护脖子这个要害部位的安慰行为。果然是谎言，崎田绝对参与了这次事件！

"可以重复一下我说的话吗？'优果小姐还活着'。"

"什么啊那是？！听不懂你在说什么。"

"若是你和本案无关的话，说说也没关系吧。来说一遍，'优果小姐还活着'。"

崎田乱挠了一阵脑后部，粗鲁地喊道："优果小姐还活着！……可以了吧！"

闻此瞬间，绘麻有种血液贯通全身的感觉。崎田说这句话时并没有露出任何安慰行为，所以人质是安全的。至少在崎田被拘留这段时间，人质没有被杀害。

"绑架她的人是你吧？"绘麻追问道。

"不是。"

崎田否定后，又慌忙加上一句："不是都已经说了不认识吗？"。后半句虽然声音颤抖着，前半句却很真实。也就是说实施绑架的另有其人，犯人不止一个！

"有几个同伙？"绘麻趁热打铁继续问道。

"你什么意思？别胡说啊。"

崎田的鼻翼略微鼓胀着。这是为了预备逃走和战斗，身体在吸氧的行为。

紧张、不安、愤怒，还有恐惧。而此刻他抚摸脸颊的举动只是癖好，并不是安慰行为。这也是最开始收集信息的成果。

"同伙就一人？"绘麻从正面露出手腕，立起食指问道。

"难道是两个人？"说着又慢慢升出第二根手指。

崎田稍微转了一下眼珠，这是寻找逃跑时机的细微动作，绘麻立马就知道了同伙是两个人。

"不是说了和我没有关系吗？"崎田怒道。

绘麻却不为所动，继续说道："终于到了第三个F，战斗（Fight），你已经走投无路了。"

这是不用亮起胜利手势的胜利宣言，接着她又故意讨嫌地咂了咂嘴说："你还有两个同伙吧？"

没有任何回应，崎田闭起双眼，低头抱着自己。

"保持沉默吗？"

嫌疑人顽固的态度，瞬间点燃了绘麻的战斗情绪。

"可惜啊！如果你早点那样做的话也许会好一点，但现在已经太迟了哟。"

绘麻故意拉长了句尾，心底涌起一股斗志。

此刻的绘麻，心境如同追击猎物的肉食动物。

3

"犯人的老巢在哪儿呢？"

绘麻望着保持沉默的嫌疑人，在背后伸开右手。

西野慌乱地在脚边的包里翻了翻，拿出一本册子递到绘麻手里。

这是一本东京都的住宅地图册。

"好吧……不想说也没关系。"

绘麻把地图册放到桌上，翻开到画着东京都全域的那一页广域地图。

"大脑边缘系统，拜托你了。"

绘麻俏皮地略微低头说道。听到这句话的崎田眉头紧锁，这是愤怒、不安、紧张、恐怖。即使他不回话，仅靠这些细微动作就足以辨别。

"荒川区、足立区、练马区、江东区……"

绘麻一边读着东京二十三区的名称，一边仔细观察着对方的反应。

读到"中野区"时，她注意到了对方紧闭眼皮的细微动作。

"中野区。"

她又读了一遍，结果还是一样。一定就是中野区！

"是中野区的哪儿呢？"

这一次绘麻翻开了中野区的详细地图页，开始读起了街道名。

读到"东中野一丁目"时，对方的脸颊略微上翘。

"哦哦，原来是东中野一丁目。最近的车站是JR中央本线的东中野站，对吧？"

又出现了嘴唇内卷的细微动作，这似乎可以解释成就在东中野站的附近。

"东中野站有西口和东口两个出口，从哪一个出去比较好呢？"

没有回答……不过绘麻一开始也没有期待会有言语类回答。

"西口……"

崎田吸了下鼻子，同时鼻头皱了一下。这是单纯地只是吸鼻子呢，还是安慰行为呢？

紧接着绘麻读出"东口"之后，就知道了答案——因为这次没有任何反应。也就是说皱鼻头的动作就是安慰行为。

"从西口的检票口出来后，向右，还是向左？"

崎田闭着双眼，缓慢而又持续地摇着头。看样子他不能理解到底发生了什么，陷入了混乱状态。而左膝的抖动，愈发的快速、剧烈起来。

"是右边，还是左边？"

崎田本人可能没有察觉到，在听到"左边"的时候他的下巴轻微动了一下。

"左边呀。"

此刻崎田睁开了眼皮。为了抑制眉毛的上翘举动，额头的肌肉不自然地抽搐着，这是惊愕的表情。

"东中野站西口检票口出来以后向左，对吧？"

"你在说什么？我完全不知道。"

崎田不自觉地低头，把脸趴到了桌子上。他似乎已经隐隐约约感觉到，这个女刑警可以仅从动作和表情的变化就能获取真相。

面对依然试图顽强抵抗的嫌疑人，绘麻不禁嘲笑道："从西口检票口左边出来以后，道路分为左右两边吧。走哪边好呢？右边，还是左边？"

崎田把脸埋进胳膊，让人读不到任何表情。即便这样，在听到"左边"时，耳朵还是轻微动了一下。因为他紧咬着臼齿，紧绷着的太阳穴隐约可见。

地图上的手指跟随着大脑边缘系统的向导，不停地挥舞起来。

"左手边有个停车场。接着有两条路，一条直路，一条右拐路。往哪边儿走？右拐吗？"

崎田的刘海微微颤动，紧闭双眼的细微动作似乎带动了头皮。

"好，右拐对吧？"

绘麻的食指从纸上滑了下来，从叠在一起的手臂里听到了含糊不清的反驳声。

"我……可什么都没说。"

"我知道啊，我耳朵挺好使的。是不是？西野，你听见嫌疑人说什么了吗？"

她转过头来，一副就是这儿的架势，声音中都透着兴奋。

"没有，我可没听见。"

也许从小学开始练习柔道的缘故，手摸着厚实且有些变形的耳垂，西野装傻扭过头去。

"我就说嘛，我和西野都没觉得你说过什么。"

绘麻耸了耸肩，崎田把脸埋在胳膊里，左右摇摆脑袋，愤怒和屈辱染红了那微微露出的额头。

"出站左拐，马上进入下一个右拐路，会有一个十字路口。右拐、左拐、直走，你告诉我该怎么走。"

"右拐吧……"

无视埋在胳膊里发出的小声嘟囔。

"右拐……左拐……直走……"

"直走。"崎田抽搐着抬起了头。用力紧紧抱住自己的双臂，紧缩的肌肉把头抬起。

"这里直走对吧？"

绘麻挥动起食指。崎田抗拒着仰起脸庞，一脸假惺惺的笑容，两手举起表示认输投降。

"好，是我输了，我坦白还不行吗。在新宿有个陌生男子跟我搭讪，说他给我钱让我帮他给一个叫富田的人打勒索电话。所以我是真的不知道那个叫优果的女孩在哪儿，我只是照他说的做了而已……"

"闭嘴！"

撒谎的小动作出卖了他，招认被彻底否决。

"为……为什么啊?你不是想听我说吗?"

崎田故意眨了眨眼睛。

"我不跟你说。"

"什么嘛,我好心给你些线索……"

"别碍事。"

"你说我碍事……"

"给我闭嘴,打一开始我就没相信过你说的每一句证言。身高一百七十五厘米、中等胖瘦身材、肤色较白、下巴上有颗大痣、身穿藏蓝夹克配黑色牛仔裤的中国男子……压根就没这人吧。"

当嫌疑人提供证言时开始漫不经心玩弄起头发,可以判断他的话绝无可信价值。

绘麻从桌上撕下一张便条纸,朝崎田的面前递去。

本该在纸上疯狂记录下所听到的证言,却看到几个用力写下的连笔字迹。

撒谎、撒谎、撒谎。

一遍又一遍描着同样的字迹,纸上有些地方已经破洞。

"什么嘛,这个是……"

字迹中犹如透出一股怨念,胆怯的崎田声音中带着些沙哑。

"你满口胡言,我不恼羞成怒还能喜笑颜开不成。用心理学来说,就是自我防御机制中的'置换',人会把未满足的欲望转移到另一个替代物上从而得到满足。我压抑着自己不揍你,只好转移到这张便笺纸上。"

绘麻心烦气躁地抚弄着头发。

"我现在捋头发也是一种转换情绪的方式……自己分析自己也没什么可说的。"

手掌拍在了桌子上。

"不说废话,没时间了,没工夫和你闲聊。十字路口直走,下一个十字路口怎么走?往右?还是往左?难道还是直走?"

"我刚才都说了。我就是在新宿碰上一个陌生男子……"

"往右吗?"

食指依旧指着地图,探出身子脸贴近崎田。

"我什么都不知道。"

"那就往左。"

"你让我说几遍。"

无意点头的微动作。似乎是往左。

保险起见再次确认一遍。

"直走吗?"

"真的不知道。你随便吧。"

没有小动作,往左走准确无误。绘麻在地图上挥动着食指继续发问。

"下一个十字路口,往右……往左……直行,怎么走?"

每句话都看不到任何小动作。

那就是说。

"不去下一个十字路口。藏身处就在这条街上,对不对?"

睁开双眼的崎田鼻孔微微煽动。

"我、我是真的什么都不知道。"

她看着痛苦万分而呻吟的嫌疑人，冷笑一声不予理睬。

"我刚才不就说过了，我没跟你说话。我在和你的大脑边缘系统对话，你闭嘴就行了。"

询问还在继续，崎田不知所措地一言不发。然而对绘麻来说，虽是沉默，却是百口莫辩的事实。

"藏身处就在东中野一丁目七十三番十二号，高田公寓一〇一号房。有两个同伙……"

线索梳理到这里，几乎全程无须语言沟通。

"给总部……"

"收到！"

西野接过字迹潦草的便条，慌慌张张奔出房间。

4

"多谢。"

绘麻耸耸肩，抬起低垂的脑袋，露出一副听天由命、释然的样子。

"我可没什么好谢谢你的。"

"说谢谢也不是说给你的，是说给你大脑边缘系统的。"

崎田似乎也被绘麻的微笑感染到了，眼神中包含的敌意开始逐渐消散。

他把手背抵在前额，仰头苦笑。

"唉，你这女人真是可怕。真的什么都被你看穿了？怪不得哪个男人都跟你相处不下去。"崎田慢吞吞地转着脖子说道。

"只要找个不撒谎的男人就行了。"

"那你只有单身一辈子了。这种男人怎么可能有？"

"这可未必，又不是世上所有男人都像你这样满嘴谎话。"

"如今这世道，从不说谎的老实人根本就活不下去。所以你才一直结不了婚。"

"谢谢忠告。"绘麻表情僵硬地笑了笑，"先不说这个了。"

绘麻能感觉到，每次把话题强行从结婚上岔开的时候，自己眨眼的速度都会变慢不少。这是她内心想逃避现实时表现出来的安慰行为。

"我从现在开始要动真格了。"

"嗯，我知道。"

崎田皱起眉头，一副烦躁不已的样子。他把两只手搭在后脑勺上，这一动作本来是为了让身躯显得大一点，但现在看起来不过是虚张声势而已。

这时背后的门打开了，西野回到审讯室，在自己的固定位置——笔记本电脑前——坐了下来。

"接下来我们好好聊聊吧，时间还多的是。"

总算是解决一个难题了。绑架犯的秘密据点应该很快就会被警方包围，人质也会得救，现在只需要不慌不忙地从这人口中撬出犯罪动机和绑架手法就行了。

不过，说什么"好好聊一聊"。明明是自己说出来的，这句话却引得绘麻一阵莫名伤感。

现在想想，自己和罪犯待在一起的时间比和每一任男友相处的时间都要长。

结果呢？

"我不打算跟你'好好聊聊'。我全都招，你们赶快完事儿吧。"

连罪犯都讨厌和自己说话。

绘麻撇撇嘴，把这些毫无意义的自问自答从脑海中赶了出去。

"我知道了……那你把共犯的名字告诉我吧。"

"三原千种……是我的女朋友。她本来在优果父亲的公司里工作，不过后来被裁员了。社长一家子把员工辞退了自己却过着舒服日子，我怎么可能放过他们？唉，不过跟这些其实没关系，我只是单纯地想搞点儿钱。"

"那实际下手的是谁？"

"是千种。在公司里的时候她经常和社长家的小鬼玩儿，所以趁那个小鬼一个人的时候和她搭话也不会被怀疑，最后成功地把她弄上了车。事已至此我就全都告诉你吧。把那小鬼绑来之前的工作都是千种一个人做的。她突然带着小鬼出现在我面前，我也吓了一跳，最后只好顺势做了她的帮凶。我说，这样的话她才是主犯对吧？那我的罪会不会轻一点？"

"你就不打算包庇一下你女朋友？"

"反正在你面前撒谎也没用。"

崎田歪了歪眉毛，露出一脸谄媚的笑。

绘麻虽然用轻蔑的眼神望着崎田，但她确信崎田的话没有假。

"那其他的呢？"

"其他……你是指其他的同伙？你怀疑我们的秘密窝点——就是不知道你用什么方法找出来的那个秘密窝点——还有其他人？"

"对，另一个同伙叫什么名字？"

根据审讯过程中获知的情报推测，同伙应该有两个人。

"没别人了，那儿就只有千种和那个小鬼两个人。"

崎田摇了摇头，而从他身上看不出有任何安慰反应。

"你是不是在袒护谁？"

"喂喂喂，你这是什么意思？我女朋友都要被抓了我还能袒护谁？"

崎田矢口否认，他的语气里带有一丝笑意。

绘麻盯着眼前的疑犯，大脑开始迅速运转起来。

"刚才你是把我提出的'是否有其他同伙'的问题替换成'秘密窝点里是否还有其他人'之后再作出回答的，对吧？"

"替换？这两个说法的意思难道还不一样吗？"

"不一样。用心理学术语来说明的话，你是使用了心理防御机制[1]中的'隔离'与'合理化'。你明白'共犯的人数'与'秘密据点中的人数'并不一致，因此特意将此二者'隔离'，同时将此结果

---

[1] 指人在面对挫折或压力时为减轻内心不安、恢复心理平衡稳定所表现出的一系列适应性倾向。——译者注

'合理化'为对自己有利的提问，再给出回答。"

"你觉得我这脑袋搞得懂这么复杂的东西？"

"你并不需要明白专业术语的意思。心理学的用语本来就是为了将人类在无意识中做出的行动进行分类并理解，出于便利而添加上去的记号。"

"这……太难了，我听不懂。"

崎田挤出两声笑声，伸手挠了挠太阳穴。

"挠脸颊是'代替机制'运作的表现，装作不理解我说的话，则是'逃避机制'运作的表现。这两者都是典型的心理防御机制。"

"你说够了没有？一直跟我绕来绕去扯这些废话有什么用？我根本听不懂。"

"我刚才也说过了，你不需要明白这些专业术语的意思。我想表达的是，你还隐瞒了一些重要的事实。"

"我没什么好隐瞒的。"

崎田把视线移开了。他表现出的这一微表情，让绘麻更加自信了。

"你有，你隐瞒了另一个同伙的存在，你在袒护某人。"

"我根本就没有袒护谁，要我说多少遍你才明白？"

崎田一巴掌拍在桌子上，接着把身体侧向一旁。这些动作显然是内心不快的体现，但不像是说谎时做出的安慰反应。

作案团伙毫无疑问是三个人。除了三原千种，应该还有另一个同伙。从崎田刚才的表现来看，剩下的那个人应该不在公寓里，警方奔袭至秘密据点后应该也抓不到那个人。从现状看来，可以认为崎田企图使此人逃过警方的抓捕。但是，崎田虽然否定了这一事实，他却没有表现出任何安慰反应——也就是说，连崎田自身都没有觉察到自己其实一直在袒护某个人。

这到底是为什么？

在无意识中袒护某人，希望此人能逃过警方的抓捕——一个不惜声称女朋友是主犯、试图以此减轻自己罪行的自私自利的男人，会为了谁做到这种地步？

"家人……"

崎田的瞳孔里突然闪过一丝凶光。

"我没有家人，出生之后他们就死了。我连我妈长什么样都不知道，我爸也在我上高中的时候死了，是喝醉之后在浴缸里淹死的。拜他所赐，我高中就辍学了，成了现在这个样子。"

"真恶心……啊，好讨厌啊。"

绘麻的面部肌肉聚了起来，做出痛苦的表情，并用手做扇子状，在自己脸前扇着。

"什么啊？"

"可以停止你的苦情演讲吗？什么因为我的人生很不幸，所以被迫去犯罪，自己是很无辜的……快结束你这种含泪泣诉的表演吧。"

她模仿着哭泣的样子，见崎田的太阳穴附近血管鼓了一下。

"闭嘴吧你。别自以为是了，小心打脸。"

"把自己犯错的责任推卸给别人，属于防卫机制中的'投射'，由此产生的反社会性行为叫'置换'，把自己犯罪的责任，归咎于不

幸的人生经历上,并将其正当化,叫作'逃避',然后因为我指出真相就威胁我,这叫作'攻击'……因为你只考虑自己才是最不幸的人。从来不会考虑,别人虽然活得辛苦,有着各种烦恼,却都在忍耐着,努力并坚强地活着。"

绘麻用手挠了一下蓬松的头发,这也属于防卫机制中的"转换"。然后,斥责崎田的行为,属于防卫机制中的"攻击"。

"根本没有这样的事。"

"就是这样的,完全就是这样的……请你站在我的角度思考一下,听着你这样的人说着这样的借口时,你会怎么想。嗯……就是因为你缺乏替对方着想的换位思考的同情心,所以会仇恨社会、仇恨他人,而付诸犯罪去发泄。连个固定的工作也没有,把自己打扮成一个为不幸者伸张正义的人。"

"你……"

崎田刚要做出一副把对方抓在手里的姿势,背后的椅子腿在地板上摩擦,发出了声音。

"给我坐下,崎田。"

西野几乎要跳起来了。

崎田歪着眉头,下巴向上突起,保持着威胁的表情。但从他痉挛的脸上看得出,很明显他并没有勇气与眼前这个身高一米八五,有柔道段位的年轻巡警过招。

被西野喝了一声后,他瞪着那个方向,然后轻蔑地一笑,尽量维持他的虚张声势,向后靠在椅子上。绘麻也是带着惊讶的表情看完这一连的举动,然而她很快就嘴角上扬,不怀好意地笑了。

"原来如此啊,是这样吗?"

"什么啊。你说的哪样啊?你又要胡说什么?"

大腿打开,上身倾斜,崎田明显地摆出一副决斗的架势。绘麻一直盯着他看。

上身支撑在桌面上,用非常锋利的目光深深地凝视着前方。

崎田的这番操作,其实已经表明他还有同伙。但是崎田一直声称除自己之外,就只有女友三原千种参与了绑架。然后,绘麻质问崎田他在包庇谁的时候,他回答没有,而这时并没有出现安慰行为。如果他是想包庇同伙的话,理应会出现安慰行为的。

这到底是怎么回事呢?

答案是这样的。

"你,到底……是谁呢?"

5

"刚刚,西野叫你,不,是叫崎田这个名字的时候,你有那么一瞬间,脸横向地摆动了一下。"

这个微动作让绘麻异常吃惊。这个自称叫崎田的男人,被西野怒斥时,居然下意识表现出那不是自己名字的行为,不自觉地左右摇了一下头。

就是说,眼前这个崎田博史,并不是真正的崎田博史。

崎田,不,这个自称是崎田的男人睁大眼睛,一时语塞。

第一个F,Freeze。没错,疑问变成了事实。

"不……不是的。"

这一次,他在摇头一瞬间出现了表示承认的微表情。

"看吧,说谎说太多,大脑已经超负荷了,真是可怜啊。看吧,为了减轻心理上的压迫感,手开始抚摸脖子了。"

被绘麻指出来之后,他抚摸脖子的手停了下来。

"这个……只是……"

绘麻在他辩解的话里,插了一句。

"你,不是崎田博史。"

男人已经被逼到死角了,从他口里发出来的,已经不是完整的语言了,而是呻吟声。

"你的大脑边缘系统已经告诉我,你的同伙有两个人。但是,你一直强调说是你和女友三原千种两个人干的。所以,我猜到你可能在试图保护另一个同伙。但是不对,你并没有保护任何人,因为你没有表现出安慰行为。真是奇怪啊,试图掩盖另一个同伙的存在,但却并没有表现出任何要包庇一个人的信号……按这个逻辑推理是说不通的。所以,你掩盖有同伙存在的目的,并不是为了要包庇同伙。你只是在保护你自己而已。"

应该是这番言论起了作用,男人视线上移,脸上开始泛红了。

"什,什么……你说什么呢?我根本就……不知道你说的是什么……"

事到如今，他还是不打算承认罪行。但是，他的行为却完全坐实了绘麻的推理。

他的微动作，如摇头前那一瞬间的肯定、抚摸脖子的安慰行为、不敢正视眼前这位女警官时扭头的动作、寻找逃走路线时游走的眼神、心理上不肯承认现实时一直眨动的眼睛……

"你是打算隐藏自己的真实身份吧。还想以崎田的身份坐牢，如果这样想，你就太天真了，这是在耍弄日本警察。"

真相一旦明了，就暴露出他的浅薄了。绘麻双肘挂在桌子上，双手指尖相对，做出一个尖塔的手势，宣示着自信，并将锐利的目光抛向嫌疑人。

"不知道……你在说什么啊，我听不懂……"

这分明是防卫机制的"逃避"。接下来就是第二个F了，Flight。抵抗早已失效。

"你隐瞒同伙的存在是为了保护自己吧，你绝不是在保护同伙，因为……"

话说到这里突然停住，绘麻的眼神更加锋利了。

"因为，另一个同伙，已经不在这个世界了。而且，杀害那个同伙的人，就是你啊。"

嫌疑人的瞳孔收缩，而绘麻的瞳孔舒张。这是恐惧与兴奋的鲜明对比，接下来，男人一瞬间就进入了第三个F，Fight阶段。

"不对！我是崎田！是我和千种，我们俩一起绑了那个小东西。"

他探起身来，用拳头敲着桌子。那眉梢上挑的表情，乍一看是在

表达愤怒。然而，从他些许僵硬的脸上，绘麻读出来的却是恐惧。

"你不是崎田博史，崎田已经死了。而且，崎田的尸体早就已经被发现了。"

"啊……"

除绘麻以外，两个男人异口同声地脱口而出。

"对吧？"

她冲着瞪大眼睛不知所措的男人，挑起一边的眉头。男人可能是过于惊愕，并没有做出反应。然而那僵硬的神情，就成了他此刻的回答。

"在你被逮捕的时候，为什么要说谎，说你就是崎田呢。本来还有两个同伙，但你却刻意强调了实施绑架的只有你和女友三原千种两个人。其实，这并不是为了保护同伙，只是为了保护你自己而做的伪证……这一切都联系起来了。作案团伙原本就是三个人。你，三原千种，还有……崎田博史。"

男人的眼睑突然抽动了一下。

"你们三个人，绑架了富田优果，然后向其父亲富田正道索要了赎金。但是，不知出于什么原因……恐怕是，崎田说了要向警察自首之类的话吧，导致你们之间的关系破裂，于是你就杀了崎田。那尸体是如何处理的呢？你看这样这么样，比如，一块一块切开，装到塑料袋子里，然后去歌舞伎町，往那些饭店酒馆的大垃圾桶里面一扔……"

"啊……真的吗？"

西野略显兴奋地站了起来，绘麻给了他一个肯定的眼神，再次注视着嫌疑人。

"然后，为了拿到赎金，你继续威胁人质的父母，不承想却被警察逮捕了。你应该是通过新闻报道，得知自己处理过的尸体被发现，并引起了轰动。于是，经过短暂的思考，你决定伪装成崎田，以为这样尸体的身份就无从确定了。所以，你才谎称自己是崎田……"

"不……不对。"

"这简直就是你临场发挥，肚子里现编出来的故事啊。而实施绑架的三原千种，曾经是富田正道公司里的员工。因此，她能顺利拿到赎金的可能性几乎为零。就算可以拿到钱，警察查到三原千种身上也只不过是时间问题……所以，你，竟然为了这场不可能成功的绑架而杀了人。勒索绑架、杀人、碎尸、弃尸……就凭这些，你得什么时候才能放出来啊。不好意思，你要约我吃饭的事嘛，现在聊就太早了吧。"

男人脸色土黄，可能是他在蓄势准备逃走或者反抗吧，所以皮肤上的血液收缩到紧张的肌肉里了。

"证……有证据吗？你说的这些只是推测。"

"首先，我们会以勒索和绑架的名义逮捕你，然后，把歌舞伎町发现的尸体与真正的崎田博史进行 DNA 鉴定……只要搜查你们的窝点，就会发现崎田的血液或者毛发。"

"呃，那种东西……"

"这你就不懂了吧。"

"你说什么？"

"总之，我就是想说你不专业，想法太单纯啊。你或许认为自己已经把屋子打扫干净了，已经清除了崎田的痕迹。但是……不管你把血迹擦得多干净，甚至肉眼都看不到的程度，但是残留的血红蛋白发生的鲁米诺反应是不会消失的。在你公寓的地板上，和血红蛋白里的铁元素反应后的鲁米诺，会发出蓝色的光，应该很美吧……怎么，你还要继续抵抗吗？非要等到把DNA鉴定的结果甩在你脸上才肯承认吗？那样也好，反正我会奉陪到底。"

男人太阳穴附近的血管鼓了起来，颤抖着嘴唇，然而没过一会儿就失去了气势。这一回合下来，终于露出了败象，垂头丧气，仿佛一瞬间就萎靡了。

绘麻拿起茶杯，含了一口凉茶润了润喉咙，说："可以重新做个自我介绍吗？"

弱弱地瞟了一眼绘麻后，男人有气无力地说道："白井……我叫白井敦。"

"哦……初次见面，白井先生。那你就等到刑满释放时，再来请我吃饭吧。"

面对着这位终于浮出水面的嫌疑人，绘麻的脸上露出了一丝愉悦的笑容。

6

"辛苦了！"

西野拿着啤酒，过来碰杯。

"我经常想啊，你喝酒的样子真的好厉害哦。"

绘麻看着他的喉结欢快的上下蠕动着,扔出一句挖苦的话。

"我一直在想啊,为什么你称呼嫌疑人为'きみ(kimi)[1]',称我为'あんた(anta)[2]'呢?"

"这样称呼你,不觉得更亲切吗?"

"是吗?"

西野一副不认同的样子,将空杯举过头顶,又叫了一杯啤酒。

两个人在新桥铁道桥下的小酒馆里,坐在厨师手边的吧台前。西野打着所谓"庆功会"的名义,厚着脸皮生拉硬拽地劝酒,而绘麻也不忍驳面。

"我真的每次都对您的审讯过程佩服得五体投地,不愧是大魔王啊。"

西野带着半讽的语气说道,然后,拿起一个鸡肉烤串叼在嘴里。

"别这样叫我哦。"

"叫外号很亲切啊,不好吗?"

西野略带戏谑的故意拉长尾音。

"当然不好。"

绘麻不顾形象,学着西野的样子把手高高举起,拍手示意再来一杯,随后将杯中酒一饮而尽。

根据绘麻挖出的情报,警察突袭了犯罪团伙的窝点。人质安全获

---

[1] きみ(kimi):你。日本男性称呼同辈及晚辈的用法,是一种比较亲切的称呼。——译者注

[2] あんた(anta):你。在关西方言中,有关系非常亲密的含义。——译者注

救,在场的三原千种被以绑架犯的名义逮捕。

至于白井敦,自从真实身份被识破后,一反常态全都供认不讳了。他说自己引诱曾经一起打工的伙伴崎田进行犯罪,后来因为惴惴不安的崎田动了自首的念头,冲动之下才杀了他。

哪怕只有一个人说出自首的话,就都完蛋了……要不是那个家伙说出那种话,我也没有必要杀他啊……

出于内心防御机制的投射,白井直到最后一刻,仍在试图推卸责任。

"哎!你干吗呢?"

坐在旁边的西野,竟理所当然地把手搭了过来,而绘麻啪的一下就打了回去。

"那个……楯冈小姐。在土豆沙拉上来的时候,你说了一句'糟糕'吧?"

西野搓着自己的手指甲,一副不可思议的表情写在脸上。

"因为我忘记说不要加黄瓜和胡萝卜了。"

"这样啊,那我替你吃掉吧!"

"这些,你统统吃掉哦。"

绘麻用筷子把土豆沙拉中的黄瓜和胡萝卜挑出来夹给西野。

"你竟然吃不了青菜,真像个孩子。"

西野咯吱咯吱地嚼着黄瓜,表情显得惊讶,鼻子用力呼着气。

"你在说什么呢,现在不是正流行肉食系女生吗?"

"意思稍微不太一样吧。"

"差不多吧。"

绘麻拨开土豆沙拉,下意识地寻找黄绿色蔬菜。而西野正在解决绘麻接二连三夹过来的蔬菜,他徐徐说道。

"哎呀,不管怎么说,我觉得楯冈姐你真是厉害。就拿这次来说,竟然把两个案件同时都给解决了,很厉害,真的很厉害。"

西野的语调略显浮夸,绘麻撇了撇嘴。

"总觉得话里带刺儿啊。"

"是吗?难道我做了什么事惹你不高兴了?"

绘麻将视线从讲着俏皮话的后辈警察身上移开,把啤酒杯端到嘴边。她用食指支撑着重重的脑袋,轻轻地舒了口气。

或许是由于酒精的作用,绘麻的意识逐渐开始模糊起来,眼前扭曲的视界里浮现出一些画面。

身着黑色衣服的人们在排着队,他们前方摆放着一张巨大的照片,照片中是一位年轻女性,她的脸上绽放着幸福的笑容。照片装在了黑色相框里,周围摆满了鲜花。

这些记忆急剧地在脑海里涌现,把绘麻一下子带回了过去。这种身临其境的感觉,就好像是昨天刚刚经历过一样,令她不禁浑身战栗。

那是在一个葬礼上,四处传来的是抽泣的声音,还夹杂着诵经的超度声。

鞋底踩在地面上的触感,空气中飘荡的焚香的气味,还有马上该轮到自己上香的紧张感。绘麻战战兢兢地望了眼棺内,照片中的年轻女性此时横躺在那里,被淹没在一片花海之中。她画着冥妆,脸色苍白,

朦朦胧胧无法看得十分真切。此时，绘麻的眼泪夺目而出，声音凝噎。

接下来脑海中的记忆，总是被篡改成如下画面。

躺在棺中的女性瞪大眼睛，扭着脖子朝这边看过来。原本安详的表情开始泛起波澜，她紧咬着嘴唇，满脸充满着愤怒和憎恶。紧接着开始摇晃脑袋，低声地诅咒着。

那个时候你为什么不帮我？为什么不帮我？

为什么为什么为什么为什么……

"大姐，楯冈大姐。"

绘麻感觉到有人把手搭在她肩膀上，这才把她拉回现实。西野此时正一脸不可思议地看着她，绘麻这才感觉到汗水已在不知不觉间渗满她紧握的手心。

"你没事吧？"

"怎么啦？"

是不是不小心把什么事情说漏嘴了？绘麻一边注视着西野的眼睛，一边直冒冷汗。

"怎么啦……你脸色很差，没事吧？有没有感觉哪里不舒服什么的？"

"看到你的脸，我怎么可能舒服呢？别碰我，小心我告你性骚扰。"

西野连忙把手从绘麻身上移开。

"你这句话说得真不中听。平时就很凶啦，没想到喝完酒更凶！"

"那你以后不要再找我一起喝酒。"

绘麻瞪着眉毛低垂的西野。

每当案件即将解决时，绘麻心里总会有些烦躁。在自己的行动中，隐藏着对抓捕犯人的强烈执念，说到底这或许只是防御机制的一种"替换"。绘麻内心想要弥补过去，从而让自己相信已经赎罪，这或许只是自我安慰的一种手段吧。

绘麻在审讯室对峙过的所有犯人，都是那个案件中犯人的"投射"。对犯罪被害人及遗属怀有的遗憾之情，已经融合到她的身体里，成为她不可分割的一部分。绘麻一直是以这样的状态来面对嫌疑人及重要人证的。

小平市强奸杀害女教师案。

这起案件发生在十五年前，到现在都还没有抓到犯人，它成了绘麻的内在动力。通过为某个人沉冤昭雪的"替换"行为，正好可以缓解绘麻对这起没有进展的案件的焦虑。

"结案不是件好事吗？接下来，这个世界又暂时回归祥和平静了。"

听了西野的这句感慨，绘麻仿佛有种邪恶的感觉。

在绘麻心中，案件从未停止。解决掉一个案件后，她又会投身到下一个案件。这就等同于寻求新的受害人一样。

最终，还不是和杀人犯一样吗？

不，不一样。我不是这样的，绝对不是这样的。我并不是在期待某个人遇害，只是希望案件顺利解决，只是希望和过去划清界限。

"对啦，楯冈，你和三十八岁的商社职员是什么时候分手的？"

"啊，我没有和你说过吗？"

"你还没告诉过我呢,你为什么不第一个告诉我呢?"

"我为什么非要告诉你呢?"

"不要这么冷酷无情嘛,我们难道不是在一起工作的好伙伴吗?这消息还是在审讯时听到的,感觉有点失落。"

"告诉你的话会有什么好处吗?"

"这个嘛……"

西野一瞬间不知道该说些什么,便用拳头捶了捶自己的胸脯。

"安慰失恋的女生这种事,我还是可以胜任的。"

"那你来安慰我一下吧!"

"呃……"

"快点嘛,赶快安慰一下我这受伤的心灵。"

绘麻抬起下巴,向西野招招手。

"既然你说想要重新来过……的话……"

"快,快点!"

缩着肩膀的西野,把脸凑了过来。犹豫了片刻,终于像是下定了决心,抬起头来。

"楯……楯冈,我觉得你没什么错,你虽然很忙,但毕竟是那个男人出的轨。"

"这莫非是防御机制的'投射'。"

"喂,天涯何处无芳草,是不是?"

"这莫非是'逃避'。"

"一心投入到工作中去的话,就不用去考虑其他多余的事情。"

"这是'替换'。"

被这样一句句吐槽后,西野颇受打击,像是被霜打的茄子一样蔫了起来。

绘麻忍不住小声笑起来,把啤酒杯送到嘴边。她期待用喉咙感知起泡的液体,想切实去体会这种感受。

"我这样说,是想通过'怼'你来缓解压力,所以你不要太在意哦!"

绘麻拍了拍西野的肩膀。

"我才不会这么容易就被打击到呢!"

西野吃着烤鸡串,假装若无其事的样子来"掩饰"他落寞的情绪。

SILENT VOICE

第二话　若近若远的距离

1

西野圭介坐在墙角,已经盯着眼前的笔记本电脑看了好久。这时,审讯室的门打开了。

她身上散发着克洛伊¹的香水味,同是克洛伊的鞋子踩出清脆的声音,让这死气沉沉的房间里弥漫的紧张气氛缓和了下来。

在桌边等候的男子一直拒绝合作,而此刻的表情却明显舒缓下来了。西野虽然背对着他,却能想象得出他的脸上会露出多么傻乎乎的表情来迎接这个女人的到来。脸颊的肌肉也舒缓下来,甚至忍不住就要送出一个大大的微笑了。就算是接受审讯,估计只要是个男的,都会如此表现吧。

"不好意思,让你久等了。"

她走到房间的中央,停住了脚步,用柔和的声音说道。说话的节奏不快不慢,声调不高不低,连贯的气息恰到好处,带着些娇艳又让人很愉悦。

西野在内心感叹,如果她能一直这样该多好啊。然而令他失望的

---

1 chloe,法国著名时装及奢侈品品牌,诞生于20世纪50年代,由Gaby Aghion创立。——译者注

是，出了审讯室就没听过她用这样的语气说话。就算是在审讯室里，这种悦耳的声音也从来不是说给西野听的。

"呃……没，没关系。"

男人的声音就像跑了气的碳酸饮料，他有些不知所措地呆坐着，可能是被眼前这位女警官的美貌吸引了吧。当然，这也是情理之中的。其实西野最初在搜查一科的刑事室里，见到她第一面时，也被她的美貌惊呆了，绝不亚于时尚杂志的封面女郎。当然了，紧接着就被她用手捏住脸，盯着说"干吗？这么色眯眯的眼神"，那心情就像误入黑色地带的酒吧，消费后才发现被宰，然后脸色铁青地看着高额账单时的客人。

而对方的潜台词是：你个傻瓜……上当了吧。

西野虽尽量掩饰着自己的内心活动，仍忍不住笑了一下。就在这时，传来一个刺耳的声音。

"西野，你都没给客人倒茶吗？"

"我问过了，他说不需要。"

西野坐在椅子上，把身体扭过来，试探着顶了一句嘴。

她用手撩起头上茶色的大波浪，那像猫一样的瞳孔里，已经看不到刚刚的娇柔可爱。

楯冈绘麻。这些年，一直坚称自己二十八岁，就凭着这股子刚劲当上了巡查部长，成了和西野"同龄"的前辈。

"你啊，又是臭着脸问人家的吧……'你应该不渴吧？'之类的。"

"我可没有那样说啊。"

西野使劲摇头，可是她穷追不舍的眼神变得更加锐利。

"你以为说谎对我有用吗？"

西野感受到无言的压力，自然地耸了一下肩。

西野的视线，在她的身上游走，从反射着荧光灯昏暗光线的肉感的嘴唇，到衬衫领下隐约浮现的锁骨，扫过把身体紧紧包裹起来的修身套装，最后停在了高跟鞋的鞋尖上。被浅驼色皮革包裹着的右脚轻轻地动着，好像是在画圆，然后指向外侧。一只手撑着腰，双脚微微打开，这要是换个场景，就是个封面女郎，站姿是那样的飒爽。但是，他不敢将视线上移，去确认这种感觉。曾被她冷酷的眼神打击过的心里阴影挥之不去。

"真的是……没办法啊。"

终于把视线挪开，把头抬了起来。

"喝茶吗？"

楢冈一边拖动椅子，一边问对面的男人。与对待西野的做法完全不同，男人的手指像弹钢琴一样敲打着桌子。

"嗯……那就喝点吧。"

透过男人的黑框眼镜，看到他眯起眼睛，对西野流露出得意的眼神。

尽管已经收集到了证据，他还在堂而皇之地抵抗。如此厚颜之人，也真是让人恼火。看到他西装口袋里，有一块和领带花纹很搭的方巾，这种故作高雅的装扮，更加令人反感。

你这个家伙……知道自己现在是什么立场吗？

第二话　若近若远的距离

西野用呼出的鼻息表达着愤怒。

男人的名字叫福永善树，四十岁，是自愿协助调查的重要关系人。然而西野和搜查本部一样，认定了他就是嫌疑人。

两周前，品川区户越的一处木造房屋发生了火灾。尽管火烧了几个小时，却还是从废墟中找到了遗体。当然从烧焦后严重碳化的外观上是判断不出性别的，但从其治疗牙齿的病历上得知，此人就是居住在这房子里的四十岁无业男子，武井朋彦。

尸检报告显示，在尸体背部有一个深度直达心脏的刺伤，另外，肺部并无烟雾吸入的痕迹，可以推断他在火灾发生前就已经死亡。火灾是人为泼洒灯油后放火导致，警视厅定性其为纵火杀人案，在品川五反田署设置了调查组并展开了调查。

——警察认为有可能是熟人犯罪，正在按这个思路进行调查。

虽然在记者发布会上只给出了一个暧昧的说法，但搜查本部从一开始就把怀疑的方向对准了受害者的妻子，三十七岁的武井道代。武井朋彦有赌博的嗜好，身体也有问题。曾被讨债的人强迫安排去工作，然而半年前就被解雇了，仅仅依靠妻子打零工的钱勉强度日。然而，受害者在几个月前投保了巨额人寿保险，受益人就是妻子。

面对警察的调查，道代称对人寿保险的事一无所知。事件发生的当晚，她正在夜间营业的超市里打工，不在场证明是成立的。根据同事的证言，她在休息时还和同事们在一起聊天谈笑来着，中途没有离开。所以，返回家中放火杀害丈夫，从物理上就是不可能完成的事了。

但是，道代身上仍然存在着明显的作案动机，警察对这一点的怀疑并没有改变。调查的重点指向了同伙作案，主犯理应是道代，而实施犯罪的另有其人。

推进调查的过程中，在品川区大井町经营牙科诊所的福永善树进入了警察的视线。福永与受害者是高中同学，也是经常接诊受害者的牙科医生。最初，在确定遗体身份的时候，就是他提供了牙科病历，并成为决定性证据。

"西野……倒茶。"

楯冈向位于房间角落的小桌子方向，用下巴比画了一下。那里放着电水壶，还有茶具。

"呃，刚刚问过了，他说不需要。"

然而"西野"式的抗议，被她冷峻的声音瞬间压倒。

"都说了你问的方式不对，赶快拿过来吧。"

西野气呼呼地站起来，朝着电水壶走去。把倒扣着的茶杯翻过来，然后端起茶壶倒满茶水。

这时，他背后的两个人开始了对话。

"实在不好意思，下属太没眼力见儿。"

"这倒没什么，但我不能接受突然就被当作犯人，我可不是被抓来的啊。"

"在我进来之前……西野做了什么不礼貌的事吗？"

"是啊……他突然敲着桌子说，是你这个家伙干的吧，那种感觉令人很不愉快。"

节外生枝……

西野下意识回头，向背后看过去。本以为可以瞪福永一眼，视线却被楯冈给拦截了。

"我说你啊……怎么还做了那种事呢？"

看着她冰冷的目光，西野浑身上下都感受到了寒意。

虽然知道没用，但他还是试着左右摇晃了一下脸。

"你这不是在撒谎吗？"

果然，连辩解的余地都没有。

"我可是审讯官啊。"

"……我知道。"

"你的工作是什么？"

"……做笔录。"

"你这不是知道吗，那就快把茶端上来……给客人。"

西野把茶杯放在桌子上，发出的声音仿佛在表达着小情绪，然后回到显示器前一边用面部表情表达着不满，一边记录背后二人的对话。

"您工作这么忙，还特意劳驾您，不好意思啊。"

"确实很忙，不过协助警察工作也是市民的义务嘛。"

虽然声音中还带着些不满的情绪，但是和西野刚进入审讯室的时候相比，他作为案件的重要关系人，态度明显软化了。

"您这么说，真是帮了大忙啊。如果大家都能像您一样配合该多好啊……可是，我之前也以为，既然是杀人事件的重要关系人，应该是个很不体面的家伙吧。然而当我看到是这么有魅力的一个男人在等着我，真的好意外啊……嗯，您这套西装真的是太漂亮了。"

"嗯……这个？谢谢。"

"嗯。是汤姆福特[1]的吧。"

"是吧？我对品牌不太感兴趣，你很了解啊。"

不是吧，那是因为你平时的兴趣都在夜店里吧……都是那些乱七八糟的东西。人渣！

愤怒的情绪在西野的大脑里翻腾着，他的手指在键盘上像野马一样驰骋。

"倒也不是因为了解，只是和我们这些寒酸的工薪族刑警比起来，您的气质完全不同啊。因为太不一般了，所以很自然地就注意到了嘛……这个应该很贵的吧？"

"没，也没那么贵……"

"不可能吧。怎么说也是汤姆福特啊。我说，这得值多少钱啊？"

"西装的价格嘛，也不是什么重要的话题吧？"

"告诉人家嘛，我想知道。"

椅子摩擦地板，发出声音。他侧过身体，趴在桌子上，向楯冈靠过来，悄悄耳语着。

天啊，这到底是在干吗啊。

西野发自丹田用尽全身力量，深深地叹了一口气。这看着哪是警察在办公啊，你和案件关系人到底什么关系啊！怎么看都不舒服，也不可能舒服。

---

[1] Tom Ford，美国服装设计师Tom Ford的自创品牌，于2005年4月创立。——译者注

第二话　若近若远的距离

"哇，不会吧，这么贵呢！"

西野看着眼前这位前辈女警官用双手捂着嘴巴做出撒娇的动作，真的太难受了。她平时总是用下巴指示别人做事，现在和那颐指气使的劲反差太大了，唉，女人啊，这么不靠谱吗？

"啊……也没你说得那么夸张嘛。"

男人看起来很害羞的样子，摆了摆手，不知不觉竟没有说敬语了。

你这个家伙……得意忘形了吧。

他刚瞪了这个男人一眼，毫不意外，就又被那个冰冷的眼神给无情刺痛了。

"你……这是要干什么？"

楯冈皱起眉毛，冷冷地看着他。

"没有……我什么都没有做啊。"

西野鼓起腮帮摇着头，舌头在嘴里乱动着。

"我是审讯官。你呢？"

"做笔录。"

"那你就做自己的工作吧。"

绘麻压制住了西野。

他们又继续着夜店式的谈话。

什么东西啊！可恶，可恶，可恶……白痴，白痴。

西野用充满怨念的手指，用力敲打着键盘。

"对了，还没有问警官您的名字呢。"

福永似乎完全放松了下来。

"啊……可不是嘛。"

再次听到拉动椅子的声音。不会是,又要像往常一样,想跟人家握手吧。

"绘麻……楯冈绘麻,请多关照。"

还要请多关照?不是吧!

令人觉得讽刺的是,西野的指尖神经经历过愤怒的洗礼后,打字的效率居然提高了。

2

"绘麻……啊,真是个好名字啊。"

"谢谢。但是,在职场上我被他们称为大魔王。"

楯冈绘麻把手抽了回来放在桌子上,掌心朝上。这种肢体语言,会带给对方一种敞开心扉的印象。

"叫大魔王?给女性起那么个外号,太过分了。真不敢相信。"

福永笑着耸耸肩,向茶杯伸出手。绘麻也在这个时机拿起茶杯,润了润嘴唇。这种行为被称为镜像模仿,给对方以行为同步的印象,有拉近心理距离的效果。

"确实很过分,太没礼貌了。真是的,警察就是一群野蛮的人,傻瓜多。特别是刑警这一帮人,手狠心粗的。"

通过批评警察,她在暗示对方,自己对搜查总部的调查方针是抱有不同观点的。目的是要给他植入一个印象:坐在这里的警察是朋友。

第二话　若近若远的距离

"确实有点啊……就说他吧，一进来就敲桌子恐吓我，真的吓到我了。如果这样办案的话，那冤假错案就会增加啊。"

福永瞥了一眼做笔录的年轻刑警，动动鼻子做了个很不愉快的表情。

绘麻顺势也回头看了一眼，西野把手停下，也瞪向男人。

"西野！"

绘麻吼了这位后辈警察一声，简直是训斥宠物的语气。

"真的很抱歉啊。这家伙虽然傻乎乎的，但是工作很认真。"

"嗯，也难免，毕竟怀疑别人就是他的工作。"

绘麻表面合掌道歉，内心却在窃喜。

因为，西野的行为已经奏效了。在进审讯室之前，绘麻谎称要补妆，故意让西野一个人先进来的。

"就算他是牙科医生，但他也是杀人事件的重要关系人呐。"

西野以为这位前辈女警官是在约会，就用着近乎训诫的语气提醒她。

但是，并非如此。

社会地位高的人，自尊心也强。在这种情况下，有必要先占据心理上的优势。

西野身高一米八五，并且有柔道段位，首先让他进入审讯室给对方施以心理上的压迫感。参与了前期调查的年轻警察，一直坚信自己的判断，所以就算是在讯问案件的关系人，也会像对待嫌犯那样严厉。正义感本来就比别人强一倍的西野，在面对被认定是杀人犯的人时，根本不可能老老实实地坐在电脑前的，应该会对福永进行威胁或恐吓。

那么，做笔录的协同警察尚且如此，真正的审讯官的脸色应该会更难看吧。福永心里肯定会潜伏着种种不安，害怕被各种逼问，各种刁难。而这种不安的感觉，在绘麻给朋友发邮件，委托联谊会相关事情的仅仅十分钟里，就增长了好几倍。

福永会这样想：绝对不能主动承认，因为没有任何物理证据。

鼓励自己，保持顽强的备战状态，准备迎战。可就在这时，没想到等来的却是一位华丽的女警官，他一定会自乱阵脚。

什么，难道这就是审讯官？

让对方放松戒备，同时让他以为可以轻松应付审讯，轻视眼前的警察，这样就很容易产生疏忽。然后，再由绘麻营造出她与搜查总部意见不同的假象，表现得很友善。

福永就会紧紧抓住这个在自己四面楚歌时出现的救命女神，将她认定为自己人，并向她打开心扉。

结果就是，就算他嘴里说谎，他的行为也会如实招供。

一切都按绘麻所料顺利进行着。

在交谈中，与对方耳语，也只不过是为了进入他的私密空间。所谓私密空间，是人与人之间的心理界限，也就是私人领地。人与人的距离有公众距离、社交距离、个人距离、亲密距离这四个阶段。

在听公众人物的演说或公演时，自己周围三百六十厘米以上是公众距离。职场的同事、贸易伙伴之间在工作中交谈时，周围的一百二十到三百六十厘米之间是社交距离。和朋友进行私人对话时，周围的四十五厘米到一百二十厘米是个人距离。人们根据与对方的关系，来调整交流的距离，保持着界限感。其中，能进入自己周围四十五厘米范围内的，基本上是家人、恋人等仅限于至亲的人。除此之外的侵入，人本能地会感到不舒服。

虽说亲密空间被强行进入就会感到不愉快，如果能够以自然的动作靠近的话，也会被认为是亲密关系，当然这只是大脑产生的错觉。

心理不是行为的投射，行为是心理的投射。用耳语这种行为侵入对方的亲密空间后，对方居然都忘了说敬语，这就证明绘麻的计划成功了。

"我说，这块手表不是瑞宝[1]的吗？"

"应该是吧……好像确实是这个牌子的……"

福永卷起左边袖子，露出手腕，微笑着给绘麻看。

"瑞宝的表，居然不了解一下就买了。"

"嗯……我也不太清楚，就是店员一直劝我买嘛。"

"这种商品啊，普通人的话就算怎么劝也不会出手买吧。不愧是牙医，好有钱呐。"

"没，也没有你说的那么夸张。反正是要买块表嘛，质量可靠，耐用的话就行，所以就当机立断买下了。"

福永抬手轻轻触了一下鼻子，然后抚摸着脸颊，这个动作在他与绘麻见面后曾多次出现。

---

[1] 瑞宝表（Chronoswiss），1983年由德国制表大师Gerd-Rüdiger Lang在慕尼黑建立。——译者注

二人继续谈笑着,但在绘麻的心里,早就把自己采集到的安慰行为进行了关联性处理。

"有没有做牙医的帅哥,给我介绍介绍呗。"

"你看我不行吗?"

"但是,你结婚了吧。我可不喜欢离过婚的。"

"不喜欢离过婚的,这条件有点太严格了吧?"

福永放声大笑,之前他一直紧靠在椅子的靠背上,现在则放松了一些,把手放到了桌子上。而手呢,之前一直紧握着拳头,现在也放松了,手指伸了出来。先是手背朝上,然后又是手心向上,这是内心卸下防御的表现。

"是啊,我不喜欢离过婚的。因为我不想搞那种危险的关系。"

绘麻将身体靠在椅子靠背,若无其事地将视线移到了桌子下面。看到福永的皮鞋鞋尖向上挑起,这是在表达着舒适的感受。

这就开始了吗?

绘麻眉梢一挑,嘴角上扬。

露出胜利的笑容。

3

"那个……"

绘麻在桌子上,用手挂着脸,盯着福永看。胸部也靠在桌子上,在尽量接近对方,试图进入他的亲密空间。

"关于武井朋彦嘛,那个……"

她装作并没有什么兴趣,只是随便聊聊的样子。

一瞬间,福永的脸颊变得僵硬,但很快又放松了下来。

"啊……是啊。"

他的脸色变得很微妙,重新调整了一下坐姿。不过身体没有向后靠,依然保持着前倾。

然后又把手心翻了过去,把手背露了出来,但并没有把手从桌子上拿下来。

"我这也是为了工作嘛,实在是不好意思呢。"

"没,没关系。是啊,我理解。"

福永虽然表现得很紧张,但对眼前这位女警官的定位似乎没有改变,依然是认定她为自己人。

"反正上面呐……好像就是认定你是杀害武井朋彦的犯人。"

绘麻用手指在桌面上,画着些无意义图形,随后将视线上移。

"人……是你杀的吧。"

"我?"

就在这句话脱口之前的一瞬,福永半含着笑容的脸抽动了一下。控制思考的大脑新皮质,反应的速度是赶不上控制感情的大脑边缘系统的,这个微表情就是证据。

犹豫、不快、紧张、不安、焦躁,还有恐惧。

这仅仅五分之一秒的微弱变化,常人会视而不见,而绘麻却能捕捉得到,从未失手。

"是,是你。"

没错,杀害武井的犯人是这家伙。绘麻满含确信地点了点头。

"我?会杀武井?……我连这样的想法都不会有的啊。"

令人意外的不是被怀疑,而是被值得信赖的人怀疑,这件事很难以接受吧。不过,福永脸上依然保持着笑容。

但他似乎察觉到了这位女警官眼中的敌意,随后脸颊就僵硬了起来。

片刻后,福永把手从桌子上拿开。他侧着身体,把椅子靠背抓在手里。

这个动作表示戒备和拒绝。但是已经太晚了,绘麻通过之前的对话已经掌握了充足的证据。

但是……

"嗯。就是你吧……杀害武井先生的凶手。"

"别开玩笑了,我为什么要做那种事呢?"

福永摇着头,并没有表现出安慰行为。

"是你……杀了武井先生吧?"

慎重起见,绘麻又问了一遍,然而回答还是一样的。

"都说了不是!我和他有二十多年的交情,是好朋友。我为什么要杀他呢?"

没有安慰行为,福永的行为表明他并不是杀武井的犯人。

这是什么情况?刚刚明显表现出来的犹豫的表情,现在却没有了。难道他可以控制表情吗?不,不可能的。管理情绪的大脑边缘系统,

第二话 若近若远的距离

可不是他能控制得了的。

那么……是为什么呢。

绘麻一边整理杂乱的思绪，一边继续着审讯。

"事件当晚，有目击者说看到你的车停在受害者家附近了。"

"关于这件事，我也告诉其他警察了。当天我确实去过武井家，但是武井不在，所以我马上就回来了。"

"我知道，但是你一开始却撒了谎。"

"那是因为……我很讨厌被无端地怀疑。"

在最初接受讯问时，福永对警察说事件当晚自己一直在家。虽然没有不在场证明，但福永没有杀害武井的动机，因此这一疑点并没有受到重视。

"是你说谎被发现之后，我们才开始怀疑你的啊。"

"确实也是，当时有点草率了，觉得很抱歉。但是你要相信我，我没有杀武井。"

用力辩解的福永身上，还是没有出现安慰行为。

到底是怎么回事？

"我经营的诊所运行良好，也有必须保护的人。我为什么做那种断送人生的事情呢？有必要吗？"

在他坚定的目光里，只有自信。

"确实，在常人眼里，你的人生已经很充实了。但是，你和妻子分居了吧？"

福永的左手放在桌子上，绘麻的视线正好落在了他的手上，左手

无名指上还留着婚戒的痕迹。

福永的婚姻生活状况早就调查清楚了,好像现在正在办理离婚协议。所以,准确地说,他口中那个必须保护的对象就不存在了啊。

不,应该说,他要保护的那个人变成了另外一个人。因为当他说自己有必须保护的人时,没有出现任何安慰行为。

"上面认为你和受害者的妻子……就是武井道代有不伦关系。"

有目击者说,福永的爱车银色沃尔沃,在事件发生前频繁地出现在受害者家附近。武井道代坚持否认杀害丈夫,并对生命保险的事一无所知。因为丈夫嗜赌成性,债台高筑,她承认确实是经常找福永倾诉烦恼来着。

调查本部认为,在她和福永倾诉心声的过程中,二人关系越来越亲密,而武井朋彦就变得碍事了。并且,有高额的生命保险赔偿金这一大诱惑,所以就把他杀了。

"我和道代?根本不可能。我为什么要对好朋友的妻子下手呢?"

福永摇着头,仍然没有出现安慰行为。也就是说,福永和受害者的妻子之间并没有男女关系。

"这种事情嘛,越是压抑,就越是渴望得到,终有一天会控制不住的。"

"绝对没有那种关系,我可以发誓。"

用了这么专业的提问方式,居然也没有看出福永在说谎。

"我确实会和道代私下见个面什么的。"

关于这件事,当地的调查员从咖啡店那里,得到了店员的证实。

"然而,我们只是聊天,并没有做见不得人的事,也没有这样的打算,完全没有。我只是想帮助武井重新振作起来,也想鼓励一直支撑着武井的道代。我一直在想有没有对两个人都好的办法,我想帮助他们开始新的人生。"

怎么回事?为什么福永的话里没有说谎的痕迹,为什么完全没有看到安慰行为。

但根据状况来判断,很明显福永就是犯人。

"你知道受害者买了高额的人寿保险吗?"

"不……"

这时,终于看到福永做出了触摸喉结的安慰行为。喉结是个要害部位,这种触摸喉结的安慰行为多见于男性。

"本来应该是不知道的,但是实际上呢?"

"不知道就是不知道。"

他不停地摸着喉结。福永在撒谎,这是毫无疑问的。这一点都没有必要使用行动心理学进行判断,因为这是在调查阶段就已经明确的事实。

"每月交纳的保险费,是从受害者名义的账户上扣除的。好像还是为了这个事新开的账户。"

每个月,扣除保险费之后,账户里面就只剩下几十日元了。

"关于保险费的入账,基本上是在便利店的 ATM 机上操作的。但是,只有一个月是从网上银行汇入的……所以,是谁汇的款呢?你知道的吧。"

福永的表情中充满了惊愕。

因为，保险费是从福永的账户上汇出的。也正是这个线索，让搜查总部把调查的目光转移到本是受害者朋友的牙医身上。

"武井说……钱不够了，那是我暂时借给他的。"

他开始转移视线，动嘴唇，触摸眼镜架，出现了明显的安慰行为，就算是个外行人也看得出他在说谎。

"那笔钱他还给你了吗？"

"第二个月就还给我了，是我们见面时亲手交给我的。"

又摸了一下喉结，安慰行为再次出现。又来了，分明是说谎。

"是啊……还有，你在事件发生的前几天，在蒲田的家居用品中心买了一把刀吧？"

这也是搜查本部要求福永配合调查的决定性因素。

"我……没有杀武井。"

基本可以无视他这个没有安慰行为的抗议。

"那可以提供一下那天买的东西吗？"

福永买了一把长十八厘米的日式刀，与遗体上的伤口吻合。

如果福永是无辜的话，他应该把这个交给警察。

"已经没有了……"

福永摇着头，没有安慰行为。

"为什么没有了？"

"刀刃花了，就扔了。"

他摸了摸眼镜架，这个动作代表说谎，是哪句呢？刀刃花了，还是扔掉了呢？

"是扔了吗？"

"嗯……"没有安慰行为。

"是刚买到手，刀刃就花了吗？"

"是啊。"

指尖再次伸到了眼镜架上。刀刃花了这句是谎言，扔了这句似乎是真的。

肯定是哪里有问题。福永在否认杀人时没有安慰行为，但是在面对证据时却开始说谎了，而且说得乱七八糟。难道还有同伙吗？

到底是漏掉了什么细节……什么呢……

"扔到……哪里了呢？"

只能先从这里进攻了。绘麻眯起眼睛，仿佛要一眼看穿这个人背后的真相。

4

"就是在扔不可燃垃圾的日子，放在指定的垃圾投放点了。用报纸包着的。"

福永用手指尖摸着眼镜架，说出这句话。看来这个人有个习惯，就是说谎的时候会摸眼镜。

"……你说谎。"

"我没有说谎啊！就在上周的不可燃垃圾日。"

"啊，男人为什么总是说这么低劣的谎言呢，真是讨厌啊。"

绘麻用小指抠着耳朵，脸上做出难看的表情。如果要说谎，就把谎言编得漂亮些嘛。要不然，就只能活该一直单身啊。

"喂，西野。"

她从侧面瞟了一眼西野，西野被看得肩膀抖了一下。

"啊，什么事……"

"上家伙。"

绘麻挥手催促着，西野打开脚边的包，取出了一张地图，递给绘麻。

"谁都会有一两个不希望别人知道的秘密。"

绘麻把地图展开，铺在桌子上。

"我有时也恨自己的这个能力啊……"

绘麻伤感地叹了口气，估计此刻在她的脑海里，浮现出的是前男友吧。确实是结婚了，但是计划着早晚要和妻子分手。这样的男人，在面对质问时，虽然眼神很真诚，但用力向内收缩的嘴唇会出卖他。这种男人的话，不值得相信。

这就开始了吗？福永咽了下口水，一副楚楚可怜的表情。

男人啊……

绘麻再次忧郁地叹了口气，打开了眼前东京二十三区的行政地图，把食指放在了上面。

"请告诉我，凶器扔在哪里了。"

"刚不是说了嘛，当作不可燃垃圾扔掉了。"

"我不是在问你。我在问你的大脑边缘系统。"

"你说什么……"

眼前这位接受调查的男人一脸惊愕,然而绘麻并不理会,手指在地图上滑动着。

"请多关照哦,大脑边缘系统。"

她用食指一个一个地指着二十三个区的名字。

福永的视线,一直盯着她的手指,马上就要点在品川区的名字上了,那一瞬间,他眼神飘忽了一下。虽然马上又把视线拉了回来,但这个细微的动作还是被绘麻捕捉到了。就算手指直接滑过,但当再次接近品川区时,他又出现了同样的反应。

"原来如此,是这样啊。仅仅为了扔掉凶器,不用非得跑这么远,对吧。"

"你在说什么?"

"哦,我在自言自语……我在和你的大脑边缘系统对话。"

接下来,绘麻又拿出详细的品川区地图,做了和刚才一样的事。

福永的脸色开始变化,代表紧张、不安以及恐惧的行为语言频繁地出现,对于绘麻来说,很轻易就能分辨出其中的真实含义。

"嗯……这一带,是住宅区吧。"

绘麻用右手指着地图,左手无意间挂在了脸上。

"不知道,我没去过这个地方。"

福永嘴上表达着否定,手指却去摸了摸眼镜。

"你经常把这种话挂在嘴边吧。"

绘麻忍不住微微地笑了一下。食指指着的地方,离福永的家只

有两千米左右的距离,为了套出这个地点居然经历了这么一番痛苦地挖掘。

尽管如此——

"住宅街里,有能扔凶器的地方吗?"

"说了不知道啊,我不是告诉你了嘛。"

"垃圾回收站、便利店的垃圾箱之类的?"

如果垃圾被人回收了,那搜索凶器就会变得十分困难。话虽如此,毕竟刀长有十八厘米呢,回收垃圾的人肯定会有印象的。通过报纸和电视新闻报道,把它和这个事件联系起来,也不是不可能。

熨烫得笔挺而整洁的衬衫领子和袖口,用鞋腊打理过的铮明瓦亮的皮鞋,还有胸前口袋里叠放整齐的方巾,这穿着打扮,简直就是滴水不漏,不难看出福永严谨而稳重的性格。他理应是考虑到一切可能性,经过周密的准备后才实施犯罪的。但居然把凶器扔在离家这么近的地方,一不小心就会被看到,这不合理啊。

"差不多行了吧!要说几遍才能明白啊?"

福永敲着桌子,怒吼起来。

僵硬、逃跑、战斗。这是动物在察觉到危机时,会经历的三个阶段。很明显,福永已经处在第三个 F——战斗的阶段。精神上承受着强烈的压迫感,而且绘麻已经抓到了问题的核心,找到了关键性证据。

"我们做个……联想游戏吧。"

"你说什么?"

"那是个什么样的地方,是室内吗。"

第二话　若近若远的距离

福永抱着双臂，脸上抽搐了一下。

"室外……"

没有任何安慰行为，是室内。

"那个地方是可以扔垃圾的吧？"

福永的手伸到脸上，这应该只是个习惯。但是紧接着，他又调整了一下眼镜的位置。

"你这属于非法扔弃不可燃垃圾。"

"没有义务回答这个问题。"

福永轻轻捏了下喉结。事实胜于雄辩，虽然嘴上不承认，动作却出卖了他。

室内是不可以扔垃圾的地方，所以并没有被人回收，凶器现在还留在食指划出的这个范围内。

这样的话——

"我赢了。"

绘麻嘻嘻地笑着，用笔在纸条上快速写着什么。

"西野，把这个给总部。"

"是。"

西野接到纸条，冲出了审讯室。

"你到底……做了什么？"

"我觉得你还是不知道比较好。"

绘麻把肘部支在桌子上，双手指尖合在一起做出"尖塔"的手势，宣示着自信，露出胜利的笑容。

5

"早上好。睡得怎么样?"

绘麻一边拉椅子,一边对福永微笑。

"被人监视着,怎么可能睡得踏实呢?"

他冲着绘麻自嘲地笑了一下,回答道。

对福永的调查进入了第二天。考虑到有毁灭证据、逃亡,或者自杀的风险,搜查本部决定不让福永回家,而是把他安排在东京都内的商务酒店过夜。

"你们这是没完没了了吗?我已经没有什么可说的了。"

福永焦躁地挠着后头勺说道,然而他看上去比昨天更加自信了,这是有原因的。

绘麻根据福永的动作,推理出凶器被扔在品川区荏原的一处废弃房屋里。那儿没有人打理,一直被闲置,所以就变成大型垃圾的非法投弃场了。

在那里确实发现了带血的凶器。但是在小刀的刀柄上,并没有检测出福永的指纹。相反,却检测出了别人的指纹。这虽然是从福永的行为心理上分析出的结果,然而不是他主动供述的,且凶器上没有检测出其指纹,所以不能成为物证。

"不,应该还有话要说。说说同伙是谁吧。"

也只能这样思考了。虽说多一个人作案风险太大,但是福永清楚地知道凶器扔在哪里，上面没有他的指纹，却检出了第三人的指纹。

"你有点欺人太甚了。你和那个人是一个套路啊，从一开始就认定我是犯人。"

福永双臂交差抱在胸前，瞥了一眼西野。

绘麻气呼呼地回头大喊一声："西野"。

"你又没给客人倒茶吗？"

今天绘麻还比西野晚几分钟进入审讯室，今天的计划不是突击战，对已经了解了绘麻的福永来说，突击已不适用了。

"可是，他自己说的不需要啊。"

西野噘嘴表达着不满。

"说话客气点，你肯定又是用粗暴的语气问的吧。"

"没有啊。"

然而，西野摸脖子的安慰动作被绘麻看在眼里，西野知趣的不吱声了。

"快点倒茶吧。"

西野将不满迁怒于福永，又瞪了他一眼。

绘麻的内心很焦急，把之前的思路整理出来却得不到有用的结论，找不到破绽下手，但她还是走进了审讯室。

从唯一的物证可以得知福永有同伙，但他身边却没有能帮助他犯罪的人。不排除他是为了被害人妻子名下的高额保险赔偿金而参与犯罪的可能性，然而风险太大了。福永的交际圈中有很多有钱人，如果说是为了钱而参与杀人，还是有点说不过去的。负债累累的武井朋彦就算是福永朋友中的一个特例了。照这样推理，就找不到多人共同作案的可能性，只能把结论推向随机性抢劫杀人。现场周围除了福永以外，没有目击者称发现什么可疑人物。不仅调查又回到了原点，而且很可能成为悬案。

绘麻眼前的这个调查对象，仿佛变成了两个人。轮廓开始模糊，在福永的脸上又出现了另一个男人的样子，绘麻不禁心头一震。

想想自己过去办的案子，这个案件无论如何也要弄个水落石出。

绘麻抖擞了一下精神，坚定信念，表情逐渐缓和。

"这人真没有眼力见儿，实在不好意思啊。"

福永故作不介意，以苦笑回应了绘麻。随后，他伸了一个懒腰，双手交叉，全身都在表达着拒绝。同时，他更加坚信面前这个警官不可能发现真相，自信之情溢于言表。其实，绘麻在心理上的优势已经减弱，马上就要跌到与他对等的水平线了。

"那其实也没什么大不了的，最重要的是，我没有杀武井，快点让我回家吧。"

"真的……没有杀人吗？"

"啊，没有啊。"

他在回答时，加了一丝丝的停顿。还是觉得奇怪，再确认一下吧。

"武井，不是你杀的？"

"我发誓，我没有杀武井。"

奇怪，竟然没有安慰行为了。

从昨天开始就一直这样，福永在否定参与犯罪时没有说谎的表现。就算是他指示同伙下手，自己什么都没有做，也多少会有不自然的表现吧。只要参与了策划的过程，就不可能堂而皇之地否定自己的犯罪行为。尽管如此，说他是清白的也为时过早。有确实的证据，而且通过审讯，已经收集到福永确实有安慰行为出现。可见，他绝不是那种天生会说谎的人，并不是一个诈骗高手。所以，绘麻的思路陷入了混乱。

福永没有亲手杀武井，也没有参与策划杀害武井。但是，凶器是他购买的，也知道抛弃凶器的地点。与被害人的妻子之间也没有出轨关系，没有明显的作案动机，但保险费是福永汇出去的。然后，保险的受益人武井道代，也同样否认与福井存在男女关系，并且声称自己并不知道丈夫投保了高额的生命保险。

看不到安慰行为，凶器上检出第三人的指纹，身着汤姆福特高级西装的牙医，手上的戒指痕迹……

绘麻把调查的内容重新咀嚼了一遍，这时背后传来恐怖的脚步声。

是这样，原来是这样啊。

把茶杯放到桌子上的同时，绘麻站了起来。

"什么啊……吓我一跳。"

她向瞪大眼睛的西野轻轻挥了一下手。

"今天的调查先到这里吧。"

"啊……你说什么呢？这才刚刚开始好吧，我说……楯冈！"

而绘麻并不理会这些，径直走出审讯室。

6

调查开始的第三天。

"早上好,怎么样,睡得还好吗?"

拉过椅子,送上微笑,眼前这位女警官的动作,与昨天完全一样。

"嗯,我都住了两天宾馆了,你们真行啊。"福永善树,动了动一侧的脸,带着挖苦的口气说,"警官您怎么样啊,睡得好吗?"

昨天,楯冈感觉准备得不够充分,就马上中止了审讯。从两天前见面以来,尽管福永被这位警察的言行惊到了,但是却有着迷一样的自信,认为警察无论用什么花招都不可能知道真相。然而福永没有给对方任何具体信息,对方却找到了凶器的抛弃地点,这让他不禁一阵脊背发凉。最终结果却出乎意料,没有指纹的刀是不能作为证物被采信的。

"嗯,睡得挺好的。香着呢。"

楯冈向上拢了一下头发,散发着柔和的香水味道。一开始使用"美人计"还有点用,但现在已经失去诱惑力了。看来她想利用女人的自身特点来套取供词,这是她的惯用手法。但如今既然已被识破,他心里自然也不会再接受这个诱惑了。

"是吗?那可真不错。昨天看你慌慌张张地走了,我还担心是不是发生了什么大事件呢。"

这语气像是在念台词一般,满满的都是厌恶感。

"别担心,已经搞定了。一切都搞清楚了。"

楯冈歪着脑袋,用挑衅的眼神看着他。福永拼命压制住心中一瞬间的波动。没事的,她一定是在试探我,一定是又要给我下圈套。这个女人,不,不管是谁,都不可能知道真相。

"嗯……不来杯茶吗?"

年轻的警察西野,用机械的语调问道。

"……那就来一杯。"

西野轻蔑地答应了一声,然后背对着电水壶,似乎表达着不满。

"烈犬也学乖了呢。"

他对着楯冈微笑着。而在他背后,西野已经露出了牙齿。

"是啊,我总是对他好言相劝。问题只有一个,可是回答的方式可以有很多种。嘴巴要学着伶俐点嘛,就算是杀人犯。"

血液开始沸腾。

"还这么顽固啊,这样的调查方法,很有问题啊。等到证明我清白的那天,一定要补偿我。"

他的话还没说完,楯冈就插话进来了。

"你,杀了武井先生吗?"

"我没有做那样的事,说多少遍了都。"

福永自信满满地摇头。

"你,杀人了吗?"

"没有。"

"武井,是你杀的?"

"真啰唆！你很乐于在精神上折磨我啊，想用这种方法让我招供吗？我可不会被你骗到，但是我是真的没有杀武井。"

福永的眼神中充满力量，在诉说着清白。

楯冈沉默了一下，摇摇头。

"是的……你没有杀武井，是我错了。"

福永此刻仿佛终于安心了，她好像已经相信我了。

"那么，可以解除对我的怀疑了吧？"

"不，我错的是提问的方式……我要是这样提问呢？"

楯冈把手臂支在桌子上，将双手指尖相对。

"你……杀了谁？"

无语。警官大人，你到底在说什么啊？

"是我的提问方式不对，啊……我怎么没早点发现呢？"

楯冈用手摸着额头，仰天苦笑。像在惩罚自己似的，用手拍着打额头，然后再次注视着福永。

"你，杀人了吗？"

"没有。"福永用力摇头。

"是你把武井杀了吗？"

"都说了不是。"

福永两次都摇了头，楯冈耸耸肩膀说道："看吧！"

"什么啊……"

"我完全被骗了。我没有说动作的对象时，你就表现出了安慰行为，一旦说了动作对象是武井时，你就没有了安慰行为。所以我最初还以为是自己看错了呢，怀疑那到底是不是安慰行为。但事实不是这样的，你肯定杀了人，但杀害的不是武井。所以，当杀人这个词没有宾语时，你就出现了安慰性的微表情。一旦指定了宾语之后，安慰行为马上就消失了。"

"你在说什么啊……什么安慰行为，什么微表情，我根本不知道你在说什么。有没有宾语，我都是否定的啊。"

"虽然大脑新皮质是这样认知的，但是……不幸的是，大脑边缘系统的反射速度更快。所以，在你摇头之前，仅仅那么一刹那的时间里，身体就已经对问题做出了反应。就算你以为两个动作是一样的，可还是会有差异。"

大概是上了年纪吧，福永基本没听懂这段解释。但有一点是能理解的，眼前这个女警察，马上就要发现真相了。

"好好想一下，我为了确认，问了你两遍问题吧。第一遍只是问：'你杀人了吗？'第二遍问的是：'你杀了武井吗？'。然后你在回答我时，一定会加'武井'这个宾语，强调没有杀武井这个人。其实，杀人与杀武井，应该是两个问题。因为这对你来说，完全是两码事吧。"

"这是什么鬼逻辑啊，简直是无厘头……警察都喜欢用这种鸡蛋里挑骨头的方式说话吗？"

绘麻无视了他的抗议，并向他靠了过去。

"那么，你敢说你谁都没有杀吗？"

二人靠得很近，都能感受到对方的呼吸了，福永下意识向后仰去。

"谁……谁都没有杀。"

声音已经出卖了他。楯冈这才满意地眯上眼睛，坐在了椅子上。

"梶原元成……这个名字，你熟吧。"

"啊……当然知道了，是我的患者。"

福永可能是意识到自己暴露了工作时的说话习惯，声音略有颤抖。

"你杀的那个人，就是梶原元成。"

"不……不是。"

虽然他在摇头，但在楯冈脸上露出来的依然是从容自信。岂止啊，在她得意的微笑中，看到了加倍的确信。

"不好意思说出口？那你就悄悄地告诉我吧。"

楯冈从椅子上抬起身来，把手放在耳朵上，向他靠过去。

"别开玩笑了。"

他猛然向后一仰，失去了平衡，差点跟椅子一起摔倒。

楯冈又坐回椅子上，把手重叠放在面前。

"听说过亲密距离吗？"

"那是什么？"

"是心理学用语，指人类的心理防线。分几个阶段，最小的距离是方圆四十五厘米，这个范围内就是亲密距离。只有家人或恋人才能靠近，拒绝外人的侵入。但是在日常生活中，完全拒绝别人侵入亲密距离是很难实现的，当有人侵入这个范围时，身体出于本能会产生不愉快的情绪，比如在电梯里会感受到窘迫感。在餐饮店的吧台，先到的客人总是会空几个位置坐，这都是保持亲密距离的行为。而你，刚才我靠近的时候下意识地躲开了身体。这是因为认定我侵入了你的亲密空间,产生的不适感导致的本能自卫反应。"

福永面无表情地听着女警官的演讲。

"但是人类啊,不可思议的是,如果有其他人反复侵入本来只允许亲密之人靠近的空间,居然也会渐渐接受,并将其认定为亲近的人。比如,和不怎么喜欢的男人睡觉,居然慢慢地就能喜欢上这个男人……嗯,不是吗?"

眼前这位女警官戏谑地对自己耸着肩膀。福永问道:"你……你到底想说什么?"

到底想说什么呢,真的是想不通啊。但是,一种不安的预感在心里躁动。

"我一直在想你前天说过的话,'有必须保护的人……'你确实是这么说的啊。但是,说这句话时,却没有安慰行为。"

说过,确实说过。而且,没有安慰行为。

"那又怎么了?"

"你不是已经和妻子分居了吗,也没有孩子。也不太可能对妻子还心存留恋,你手上的婚戒不是都已经摘下来了吗。"

确实是这样。他们是无爱的婚姻,他妻子爱的只不过是医生这个身份。

婚后没多久,彼此之间就没有交流了。睡觉时都是背对着他,就连抱一下都不让。

她喜欢乱花钱,偶尔说她几句就不高兴了,冷冷地顶回来一句"那就分手吧"。当然了,福永并不吃惊,他认为早晚得这样,就同意了。

同意分手也是件令人懊恼的事，离婚协调拖了很久，原因就是不想把钱交给那样的女人。

"昨天，审讯中止以后，我走访了被害者的妻子，武井道代。上面的意思是，认为你和道代是情人关系。但一直以来，道代都否定和你的关系。我顺便问了关于她丈夫的巨额保险金的事，她还是说不知道……而且我也没有发现安慰行为，那么就可以认为她没有说谎。"

"你刚才说的安慰行为，到底是什么意思？"

"嗯，是一个判断是否说谎的指标。"楯冈简洁地回答了他的问题，继续说，"既然如此，那么我关注的重点就是，到底谁是你那个必须保护的人呢？但是，不觉得奇怪吗？既不爱自己的妻子，又和被害人的妻子没有什么关系。那这个人到底是谁呢……然后，我就想到了，嗯……你毕竟是个医生啊……"

"是……又怎么样？"

声音仿佛是从喉咙里面挤出来似的。

"医生在给患者治疗时，就一定会和人进行亲密接触啊。患者自不必说，不是还有比患者接触得更频繁，一天之内可以多次接触的人吗？因为工作需要，所以会允许某人持续侵入自己的亲密空间，且不会产生厌恶之情。再进一步说，与爱人分居的四十岁的男人，缺少爱的交流，那也就很有可能在工作场所爱上这样的人……这个人不就是你说的那个，必须保护的人吗？"

他没有再说话，眼神里失去了光芒，失去了精神劲。

"走访了被害人的妻子之后，我就明白接下来该去哪里了。"

福永一下子垂头丧气起来。不会吧？真没想到昨天楯冈居然去了那里，还以为过多少天都没问题呢。福永本以为是这样，还为此做了周到的准备。

楯冈要宣告战斗结束了。

"木村步美……是在你的牙科诊所上班的护士，她就是火灾现场那具尸体——准确说是被杀害的梶原的前妻。"

7

福永坐在沃尔沃的驾驶位上，拼命控制着颤抖的手。从前车窗望去，是火光摇曳的房子。那火势，足以把梶原的身体烧尽，把房子烧毁，把证据烧光。

副驾驶的门被打开，武井钻了进来。和福永一样，颤抖着双手，呼吸的节奏都乱了。瞳孔里露出不安的光，这是杀人之后的生理反应吗？自己是不是也和他一样？福永心中不寒而栗。

沃尔沃从停车场倒车出来，直奔福永家驶去。尽管商量好杀了梶原之后断绝一切往来，但他还是对老朋友依依不舍。也不能就这样把身上溅有血迹，神情恍惚的武井扔到大街上不管啊。

策划杀人计划的人是福永。在福永的牙科诊所上班的护士木村步美一直被前夫纠缠，不到二十岁就结婚生子，还一直被家暴，用了五年时间才离婚。离婚之后，母子俩想开始新生活，就到了一个陌生的地方租了公寓，开始在福永的牙科诊所工作。木村一边工作一边带孩子,这种阳光坚强的母性气息,让福永动了心思。相比之下,自己的妻子只知道花钱,花枝招展的,已经让他失去了兴趣。

就在这么个当口上,梶原作为患者来就诊了。福永并不知道二人的关系,只是看到平常一直将笑容挂在脸上的步美,在突然间表情显得很不自然,觉得奇怪而已。

没过多久,梶原就一改患者的身份,就诊结束后一直待在诊所门前张望。在休息时间,福永看到了他们在外面争吵。

拼命逃,拼命逃,还是找上来了,她的人生被这个男人弄得乱七八糟。福永在茶水间听木村哭诉自己的经历时,就已经萌生了杀人的念头。但在这个时间点上,二人的关系尚且朦胧,还不至于到要为她做点什么的地步。

另一方面,朋友武井却戒不掉赌博,债务缠身。他好像还从黑道上借了钱,有时会有一些黑社会打扮的人上门讨债。武井的妻子道代,多次找他商量,除了离婚好像也想不到什么办法了。但是,对于福永来说,毕竟武井是多年的好朋友,劝道代离婚的话也着实是说不出口。武井一身债务,然后妻子再跑路,那可真想象不出他能干出什么事来。

要是已经被杀了,那就说什么都没用了。

在酒馆里,他安慰着抱头烦恼的武井。他产生了一个念头,可以让所有人都解脱,这真是个好主意。

把梶原杀掉,把尸体伪装成武井。

在武井家发现了尸体,警察自然会认为就是武井。武井和梶原的牙科就诊记录都在自己的手上,把梶原记录上的名字改成武井,把它当作武井的资料交给警察就可以了。遗体一旦被烧焦，连他老妈都认不出来。武井没有孩子，父母也不在了，恐怕连DNA鉴定都没办法做。

而且还可以得到大额的赔偿金，这样的话，作为遗孀的道代也不必再为钱犯愁了。

虽然只是喝酒时的醉话，没想到武井居然上心了。话赶话，也就再也回不了头。于是，话题快速推进着，萌芽中的杀人计划，很快就初具模样了。

武井扮成梶原，武井的妻子拿到钱，步美也可以摆脱前夫的纠缠开始新生活。

就算暂时会被怀疑，但本来就没有什么确切的动机和证据，很快就会洗白的。

所有人都可以获得幸福了，所有人。

在凝重如死寂一样的车里，福永反复说着这句话。

"这个……怎么办？"

福永听到武井微弱的声音，转过头看到武井手里还紧握着带有血迹的刀。

在路灯的反射下，刀刃闪着光，让人全身颤抖。

"你怎么把刀拿出来了！"

"可是，这要是扔在现场，就会成为证据啊。"

"不会的！所有的东西都会被烧毁的！就算查出你的指纹，可是你已经不在这个世界了，不可能怀疑到你的！"

他情绪激动，大声指责着武井。

"是……是这样的啊。"

武井表情呆滞,盯着刀看。

本来,一切都计划得十分周密,没想到出了这么大的纰漏。

福永去公寓找梶原时,潜伏在门口的武井从背后刺了梶原一刀。然后二人把梶原拖进公寓,再用塑料袋子把尸体装起来,放进沃尔沃的后备厢,运到了武井家。然后在尸体上洒上灯油,放火点燃。

一切都十分顺利,异常的顺利。

但是本应该留在现场的刀,却被武井带出来了,成为这完美计划中唯一的破绽。

不过,也就是一个很小的破绽而已。

"没办法了……可是,我不知道把它扔哪儿啊。"

没事的,没事的,就这样也不会有什么问题。福永透过车窗凝视着前方。

一切都按计划发展着。一个人的牺牲,换来多人的新生,梶原的人生也算有了意义。原本就是个让人头疼的人渣,这样就消失了,谁也不会伤心的,也不必有什么罪恶感。

福永自言自语着,两侧的万家灯火向车后驰去,而前方则是一个深不见底的黑洞,正等着自己。

8

"和步美没有关系。"

案件真相大白后，这是他最担心的人。福永承担了一切，承认都是自己计划并实施的，他不想给相依为命的母子俩再增加任何波澜了。

"明白，我已经和她谈过了，木村什么都不知道。"

楢冈略带痛苦地眯起眼睛，用手摸着下巴。

这位火眼金睛的女警官，好像并没有理会步美是否也牵涉其中。

紧张感突然消失，让他有种虚脱的感觉。同时，情感的大坝也决堤了，流下了泪水。

"武井现在在哪？"

"不知道。我给了他五十万日元，只说了句让他以后重新做人。"

已经没有必要再说谎了。计划完全被识破。但是，为什么还是感觉心里并不轻松。

"步美……还好吧？"

福永在哽咽中抬起头，看到警官点了点头。

"嗯，她也在担心你。"

"是我让她丢了工作……"

比起自己要面临的监狱生活，他好像更担心这件事。

"她……有个孩子，叫雄喜，是个非常可爱的孩子。"

步美的孩子上小学二年级了，放学之后经常去妈妈工作的地方。孩子性格开朗，对谁都笑，是个活泼的少年。

"知道，我见过他。"

"学校放学之后，他经常在会客室那里等着步美下班。我对他说，来，让我看看你有没有蛀牙，他就胆怯地躲到步美身后去了……"

其他护士也凑热闹，风言风语地说他简直就像我的亲生儿子。有一次雄喜拉着我的袖子说，做我的爸爸吧，那一刻我真的好幸福啊，也发自内心地想要做他的父亲了。梶原做不到的，我可以做到，我可以好好地照顾他，给他亲情。

"我想为那母子做点什么，想帮他们。"

然而，现实并不是这样的。

为了老朋友武井，为了因丈夫赌博而烦恼的道代，为了保护步美母子俩的生活，这些只不过是借口而已。

根本不是为了谁——

仅仅是他自己想拥有一个稳定的家庭而已。虽然婚姻失败过一次，但要是和步美、雄喜的话，也许能够成为家人。因此，梶原就成了障碍。他曾给这母子俩带来痛苦，所以福永恨他。

甚至希望他能彻底消失该多好。

所谓的正义感也好，愤怒也罢，更多的是强烈的嫉妒。

"都是我不好……都是我不好……"

福永难过地趴在桌子上。本来是想要拯救他们，结果呢，却给步美和雄喜造成更多的痛苦。他责怪自己没用，非常懊恼。

"我觉得她，现在应该还好吧。"

楯冈用着鼓励的语气说道。虽然是没有任何根据的安慰，但现如今，也只能说这些了。

9

"辛苦了。"

西野兴奋地过来碰杯。

"太近了,太近了,太近了!"

绘麻一边闪躲着,一边砰地碰了下杯。本来伸手就能够到,西野却偏偏要把身体靠过来。虽说根据环境和文化背景,亲密距离存在个体差异,但这个家伙的亲密空间到底是什么样的,真是搞不懂啊。

"怎么了楯冈,我有那么臭吗?"

西野将鼻子靠近衣领,闻了闻自己。就是个很平常普通的干杯嘛,绘麻的反应却跟平时不一样,难道是因为自己有体臭吗。

"要说臭啊,你一直都很臭啊。"

"什么,等等,能不能别这么说我啊?我是一个多么注重细节的人啊。"

两个人在新桥的小酒馆,并肩坐着,又是庆功会。

"不过话说回来,大魔王居然也有一副菩萨心肠呢。"

西野拿起杯来劝酒,自己喝掉了半杯,噘着嘴说着赞美的话。

"你啊,要是想赞美我,就说点让人听了高兴的话吧。"

绘麻用手掌摸着自己发热的脸,侧眼瞪了西野一下。

那天绘麻从审讯室里冲出来后,西野也追了上去,参与了调查。他们走访了木村步美住的公寓,但先出来迎接的是个男人。

"喂，有客人来了。"

"爸爸，快点陪我玩游戏。"

在男人的背后，从屋子里面传出来的是步美和雄喜的声音。毫无疑问，就是妻子和孩子的声音。

步美已经找到新的幸福了。

"不过，明明是工作日却待在家里，这男人也不像个正经人啊。"

"是啊，也许她就专门喜欢这样男人吧。"

绘麻抬起头叹着气，西野嬉皮笑脸地凑过来说："怎么，你这就是同病相怜吧。"

"你说什么，小心我揍你啊。"

绘麻举起手，做出挥舞的动作，西野双手抱头躲开了。

"不过，还是挺伤感的。为了一份没有回报的爱去杀人……有什么意义呢？这就是真爱吗？"

"真爱？从哪儿看出来的？福永一直想把木村步美据为己有，对方能没有交换条件吗？"

"也有这个可能吧……"

西野歪着脑袋表示不太服气。

"接近和好感，有时就像硬币的正反面。"

"什么意思？"

"美国的心理学家，阿尔伯特·梅拉比安（Albert Mehrabian）说过，好感会促使人接近，接近也会引发好感。如果说因为喜欢才接近是真理的话，那么因为接近了才喜欢，也是真理。"

西野像是要说点什么,而绘麻并没有理他,自己讲着道理。

"男人的感觉很容易出错,不是吗?我给你讲讲其中的原理啊。"

"我肯定听不懂。就当个参考吧,你说说看。"

"所谓的亲密空间,实际上有很大的男女差异。当然,跟成长环境和文化背景也有关,一般来说,女人的亲密空间的范围比男人要小。"

"原来如此,所以当男人认为某个女性已经侵入自己的亲密空间时,对方却有可能不这样认为……"

"就是这个意思。因此研究表明,在社交中女性反倒更容易产生肢体接触。所以你去酒吧时,女孩可能跟你勾肩搭背的,但并不代表内心是喜欢你的。"

西野点着头表示赞同,但表情却有点阴沉。

"拿这个举例子有点多余吧。"

"然后呢,亲密空间在职场中,会随地位或资历而发生变化。地位较高的人,这个空间就宽,地位低的人就窄。本来女性的亲密空间范围就小,再加上木村步美只是个护士,对医生来说地位较低,所以她的亲密空间比福永小很多,就算有日常接触也不一定会对福永产生好感。而在福永眼里,这个判断正好相反。所以说男人的感觉容易出错,我解释清楚了?"

"一如既往,还是这种不留情的口吻,真是个大魔王。"

西野有种被点评的感觉,心情有点不爽,绘麻用眼角余光瞥了他一眼,把食指放在了嘴唇上。

"嗯,情啊爱的,都是暧昧的情感。就因为反复侵入了亲密空间,

大脑中就会产生喜欢的错觉。"

"爱……也会是错觉吗？楯冈，你总是这么冷酷无情啊。"

"是冷酷无情吗？不是冷静理性吗？"

不经意间，西野又把身体靠了过来，乘机侵入了她的亲密空间。

"干吗……"

"你不吃哈？"

西野伸手到绘麻眼前，用筷子从小碟里夹了一块胡萝卜。一份土豆炖肉的下酒小菜，里面只剩下摆放整齐的胡萝卜了。

"菜汁会淌下来的，这整个都给你吧。"

绘麻把小碟端了过来。

"楯冈，你的好恶讲究真多啊……对人也是，对食物也是。"

"嗯，先不说食物，我倒没有什么讨厌的人，一般是对方先讨厌我。所以我也就不会喜欢对方啊。"

"是这样啊。"

"是的，跟报答式的好感正好相反。"

"什么？什么是报答式好感？"

"因为对自己表示好感，给自己好的评价，所以就对某人产生了好感，这就是报答式。相反，不喜欢自己，对自己评价不好，那么就很难喜欢对方啊。"

"原来如此……在搜查一科这个科室里面，好像你的敌人还挺多的呢。"

频繁点头表示赞同的西野突然停住，歪着脑袋。

"啊……这么说，木村步美对福永丝毫不惦记，是不是有点奇怪了。"

"也不是，示好的行为如果不能传递给对方，就没有意义了。就算暂时传递出去了，人还需要一个与自己产生的好感等价的好感反馈回来。如果不能如预期那样，好感反倒会变成恨，人类这种生物真麻烦啊。"

"真理啊。叫你大魔王不如叫神仙姐姐。"

西野抱着膀苦笑着，看看绘麻。

"楯冈，你为什么想当警察呢？"

"啊？你这是突然袭击啊。"

"为什么呢？"

可能是被盯着看，一时说不出话来吧。她把视线投向吧台前方，尽力控制自己，不出现安慰行为。

"嗯，这个嘛……公务员很稳定啊。"

"就是因为这个原因吗？"

"是的。"

"那你的心理学知识是怎么回事？"

"巧合。上大学时碰巧学了这些，当了警察之后才发现这些知识能派上用场。"

"真的吗？"

"是的。"

将来，想做什么样的工作？

绘麻回想起这个深埋在记忆中的问题。

那是从涩谷道玄坂署回家的路上。当时没有想到，自己将来会作为一名警察每天出入这里。大人都很狡猾，很坏，是敌人。父母处在离婚边缘，看到他们在家里等自己时，那感觉很痛苦。自己游走在深夜的中心大道时，多次被警察训导。每当那种时候，她叫来的不是父母，而是高中的班主任老师。绘麻一直沉默寡言，让青少年犯罪科的警察感到非常棘手。

栗原裕子给人的第一印象很沉稳，感觉成熟稳重，是个仅比绘麻大五岁的新老师。

如果没有她，别说当警察了，高中都可能无法毕业。

裕子总是能真诚而坦然地面对叛逆的青春期少女，也从来不放弃不良少女。就是一直盯着看，很有耐心地倾听。

绘麻觉得，这就是一个报答式好感的实例吧。

忘了是第几次被警察训导，绘麻对总是嗯嗯附和的裕子感到很郁闷，就说："你根本不懂我的心情啊！"

裕子笑着说，是啊，就算想了解，也不知道别人在想什么，而她的脸上写着寂寞。后来，她还说过羡慕绘麻的话。

那个时候，第一次听说裕子没有家人。在她很小的时候，一场交通事故带走了双亲，她是在亲戚家吃百家饭长大的。选择当老师是因为父母都是老师，她希望继承这个身份。

就算自己过得很惨，也要相信别人，给予别人温柔的眼神。一见到这样坚强的女性，绘麻就什么都说不出来了。为自己的任性感到羞耻，所以想要改变自己。

绘麻因为与裕子相识，所以才学会相信别人。

将来，想做什么工作呢？

当时，她回答不上裕子的问题。如果没有什么意外，她想和自己仰慕的裕子一样，做一名老师。

但是，裕子的死，让绘麻又学会了有怀疑人生的必要，于是决定了自己未来的路。

裕子是小平市女教师强奸杀人案的受害者。

"那又怎么样。怎么突然要问这样的问题。"

不由得语气就强硬了起来。这是动物在遇到危机时表现出来的第三个阶段——Fight。

西野拉开了距离，好像发现了不对劲，忙解释道："也不是啦……楯冈，你有能看破别人谎言的能力，我在想这个能力是你天生的吗？"

"因为喜欢怀疑别人才当警察，还是因为当了警察才喜欢怀疑别人，你是想知道这个吗？还是说自己不想成为这样的人呢？"

"我并没有这样说啊。"

绘麻喝了一口啤酒，润了润喉咙。

"没关系，你就是重新来过也不会变成我。有人像你一样，喜欢看警匪片，就来当警察，然后到了现场才发现什么用都没有。也有人像我一样，仅仅是为了稳定才当警察，但能发挥出天赋异禀的才能。

人间就是这样说不清楚道理，不公平的。"

"也不仅仅是因为能看破谎言的才能，你这种严肃的性格，也是不结婚的原因吧。"

好像察觉到了锐利的目光，西野提前转过脸去。

"不就是势利眼嘛。福永的牙科诊所里，还有一个护士比木村步美更是老江湖呢。"

"确实……福永关注名牌，用名牌，好像是从木村步美到诊所工作之后的事啊。"

这也是福永对品牌不熟悉的原因。

"为什么福永对这些没兴趣呢？因为对木村步美更感兴趣，他认为木村是命中注定的人。"

"哪有那么美好的事，是年龄在作祟吧。对男人来说，年轻女性看起来更有魅力，某种意义上是有道理的，男人会本能地区分生育欲望强的女性。"

"是这样啊。"

西野用拳头砸了下自己的手掌。

"怎么了……"

"没什么……所以，不管我如何反复侵入你的亲密空间，我对你什么感觉……"

话还没说完，绘麻就抓住他的领带，来了个锁喉。

"看吧，我说楯冈，这就是……亲密距离啊。"

西野苦着脸，歪着头，和绘麻互相指着对方。

第二话　若近若远的距离

"烦死了。"

西野被推了出去，失去平衡，从亲密距离向个体距离远去。随即他向背后摔倒，向着社会距离远去。

"疼疼疼死了……你干吗啊。太粗暴了，你这样是找不到对象的。"

他摸着后脑，想要站起来，脸色却变了。他才进入遭遇危机时的第一阶段 Freeze，而绘麻早就进入第三阶段的 Fight 了。

"从刚才你就一直说什么结不了婚，结不了婚的……我为什么必须听你说这个呢。"

不再抑制怒气的绘麻从椅子上站了起来。

"对不起了！"

西野进入了第二阶段的 Flight，拔腿跑出了酒馆。

SILENT VOICE

第三话　我什么都知道

1

西野鼓起在柔道部锻炼得宽广的背部,沉浸其中。

警视厅总部大楼。审讯室仅有三叠大小,墙壁很薄,能听到隔壁审讯室传来的声音。

听着隔墙传来的模糊声音,西野陷入了想象。那里大概展开着,像曾经憧憬过的刑警电视剧里演的一样激烈的应答。

"别装傻!我知道是你做的!"

大声斥责着脑中虚构的嫌疑人,右手的食指在笔记本电脑的触摸板上无意义地来回动着,使显示器上的光标不停跳跃。

"你刚刚表现出安慰行为了,你认为谎言对我有用吗?"

假想的审讯渐入佳境,正对着墙壁露出胜利的微笑时,背后的门被慌张地打开了。

"不好意思,不好意思。迟到了。"

女人进入了房间,一头微卷的棕色秀发随风飘舞,包裹全身的修身西装应该也不是高端货,但匀称的身材把它衬得看上去像是高级品牌一样。

楯冈绘麻——外号'阎罗大人'。

通过行为心理学，弹无虚发地引导嫌疑人招供的审讯专家。

"真慢啊，楯冈前辈刚才干什么去了？"

审讯才刚开始，楯冈就冲出了房间，这都已经过去了二十分钟。

生着气抗议的西野，瞬间因强烈的违和感脸颊抽搐了一下。

"怎么了？"

想搬动椅子的楯冈停下动作，和蔼的眼神从如猫一样的瞳孔中退去。

"楯冈前辈……那是怎么了？"

西野的视线固定在拥有百分之百回头率的美女的右手上。

"什么呀？"

"没有……那个包。"

楯冈手里拿的手提包上印着显眼的'CECIL McBEE'的 logo。年轻女性，特别是被称为辣妹的人绝对支持的品牌。以前在涉谷中心街做情况调查的时候，如果说出'最近学校的指定用包很时尚啊'这样的话，就免不了被少女们嘲笑。这个包就是那么受欢迎，街上随处可见。但是不管怎么说，也不该是坚持自称二十八岁，和后辈西野同龄的巡查部长随身携带的物件。

楯冈不满地歪着嘴，在包里翻找着什么。

"平常用惯了的笔更容易传递能量。"

不，不是那回事儿。

抢在打算深究的西野前面，有个声音回答道。

"是的，就是那样的。"

和楯冈隔着桌子相对而坐的女人眯着眼，一脸满足地点着头。黑色秀发、淡淡的妆容，穿着暗色的对襟毛衣和裙子，恐怕在售价便宜的综合超市便能凑齐整套吧。面对装扮华丽的刑警前辈，女人朴素的印象就更加突出。

女人的名字叫手嶋奈绪美，三十八岁。她在青梅市经营着一家小小的咖啡店，好像在附近还是一个有名的占卜师。因为在小店一角进行的灵感占卜很准，风评很好，所以现在客人基本上都是奔着占卜来的。

"西野，沏茶。"

"不是已经上茶了吗？"

"凉了。"

被冷冰冰地用下巴指着，西野郁闷地站起来，从桌上收回茶杯走向墙边。那里有个小桌子，上面摆着热水壶和小茶壶，以及配套茶具。

西野正在倒茶时，背后传来热情洋溢的声音。

"那个，名字和……后面要写什么来着？"

"出生年月日。"

西野拿着冒着热气的茶杯，走到正在写东西的楯冈背后。

正想把茶杯放在桌子上，楯冈快速遮住手边。

"什么啊，完事了就赶紧回去吧。"

似乎不想被看到出生年月日，楯冈一边把身子压在桌子上，一边用脸做出到那边去的动作。

"即使不特意遮住，我也知道楯冈前辈的大概岁数，三……"

第三话　我什么都知道

话说到一半,小腿被皮鞋鞋尖狠狠地踢了一下,西野嘴中发出嘶哑的呻吟,表情痛苦地扭曲着。

"别说废话,干好你该干的事。"

楯冈挥舞着圆珠笔赶他走。明明视野被泪水模糊了,但印刷在圆珠笔上唐老鸭的愉悦的表情却清晰地映入眼帘。

西野拖曳着脚步回到笔记本旁,隔壁的应答还在继续。

和背后桌子上展开的对话的紧张感相去甚远。

"好激动,我还是第一次被占卜师占卜。还有点儿紧张,如果被告知有什么坏事该如何是好呢?"

"没事的,通过重新占卜可以改变不吉利的未来。"

"是吗?那么,请告诉我该如何做才能结婚?"

"别着急,让我来给你仔细看看。"

西野怨恨地瞥了两个女人一眼,指尖在键盘上飞快地敲打,记录着对话内容。这样的对话,以及记录这样对话的自己的工作,无论西野怎么想都不认为有意义。

手嶋奈绪美是发生在丰岛区池袋的杀人案件的嫌疑人,所以搜查本部传唤了她。

但是被指定为审讯官的楯冈一进到审讯室,就恳求嫌疑人给自己占卜。奈美绪要求她用平时使用的笔写下名字和生日,她马上就跑去房间拿包了。和平常一样,不,比平常更加匪夷所思。

纸张在桌上滑过的声音传来,看来是在交出写完的草稿纸。

"怎么样……我什么时候能结婚?"

询问的声音异乎寻常地紧张。

"很难说……我感受到了不太好的波动。"

"欸,真的吗?你说的不太好,到底是什么不太好。怎么办……我,该怎么办才好?"

"莫非,是你的前世有问题。可以伸出双手吗?"

"好……好的。"

"闭上眼睛,然后集中精神呼吸……静下心来。"

西野转过脸,看到女刑警和嫌疑人在桌上手拉着手。是因为深呼吸吗?楯冈的肩膀剧烈地上下抖动着。

喂喂……拜托了大姐,这是干什么呢?这场闹剧还有完没完了。

西野禁不住仰天长叹,全身无力,快要从椅子上滑落下来。

我也去占卜一下往哪里跳槽好吧。

西野撑着腮帮,深深地叹着气,像是蔫了一样瘫在座位里。

2

"好了……可以了,请睁开眼睛。"

沉稳的声音响起,楯冈绘麻睁开眼。

"占卜出什么了吗?"

"虽然不是全部……"

"那,那个……结,结婚。"

像是在劝告绘麻不要着急似的,奈绪美紧缩了下嘴角。

"画面有点混乱……狗……我看到了狗。"

"狗……什么狗,我没有养过狗……"

绘麻视线上移,啊了一声。

"这么说起来,上中学之前我在老家养过狗,是在保健站领养的一只将要被处理掉的杂种小狗。"

"果然是这样吗?"

奈绪美一脸平静地收回下巴,闭上眼,微微皱起眉,露出一副脑海里浮现出画面的表情。过了一会儿,她嘟囔了一句。

"白……"

"是的!是叫小白。为什么连这种事都……"

"好可怜呢……"

绘麻用手捂住嘴,说不出话来。

"你知道吗?"

长时间的眨眼代替了点头的回应。

"是的……在散步途中,我放开了狗绳……"

"被撞了吧?"

"嗯,被大型卡车撞了。"

绘麻歪着嘴,低着头。奈绪美像是鼓励一样紧紧地握着那只手,开口道:"小白说它不恨你。"

绘麻猛地抬起头,充满慈爱的眼神上下浮动。

"难道,小白……现在……"

"是的,和你在一起哦。它一直在守护着你,曾经在你家里被温暖的爱情包围着,很幸福。虽然我们不能一直在一起,但那不是你的错,是我那个时候突然冲出去的。我想告诉你,请你不要责怪自己,带着我的那份幸福生活下去。它是这么说的,但是……"

说到这,奈绪美轻轻地吐了口气。

"怎么了?"

"没有……不好意思。因为小白说了一些奇怪的话……说你不善于整理,要把房间装饰得更加漂亮点才好。"

"那是……因为工作太忙了。"

绘麻扭扭捏捏地扭动着身体辩解道。

"有可能吧。但是,把房间收拾漂亮会带来好运哦,在这件事上我也给出和它相同的建议。"

"好的……但是,小白竟然一直在我身边。"

奈绪美露出微笑,闭上眼,陷入思索后,组织了一下语言。

"是呀……原来如此。可能听起来有点难受,但这是为了你好,我就直说了。你在周围人的眼里是一个开朗、善于交际的人,与之相反,你也有很强的戒备心,会和他人之间建立起一面墙。"

绘麻佩服地点了点头。

"虽然在人前装作女强人,但是也有经历过被不安折磨,又胆怯的夜晚。"

"的确,完全是那样。"

"在至今为止的人生里,你亲身体会到了坦率表露自己的那种可怕。"

闭上眼的奈绪美，一下放松了表情。

"你可能对自己太严格了吧？"

"是吗……我觉得没有。"

"看吧，那样否定不就是对自己严格的证据吗，对自己宽容的人不会那样否定的。"

奈绪美嘴角微微上扬，露出温柔的笑容。

"而且……你想要被人喜欢的欲望很强烈。因为那种想法太强烈，引发了人际关系的问题。怎么样……想起来了吗？"

绘麻的视线飘浮在空中一会，像是确认记忆一样点了点头。

"确实有那种情况，经常不知不觉就怀疑交往的男人……"

"我明白。但是，那不是你的原因。"

"是吗？"

"嗯……原因在于你悲伤的前世。"

奈绪美一边摇头，一边将视线落在桌面上。

"你的前世，是中世纪欧洲贵族的女儿。美丽的你，和一个年轻的石匠坠入爱河。贵族和平民身份有别，不允许恋爱。当然，父母都反对你们交往。即便如此，你们也偷偷摸摸地幽会了几次。经过商量，你们决定逃到遥远的异国他乡。你们打算在一个月圆之夜，到某个湖畔接头。从家里脱身而出的你在那等着他的到来，一直等，但是……"

"但是，什么？"

奈绪美温柔地抚摸着绘麻的手背，然后眯着眼，遗憾似的歪着嘴。

"出现在那里的是你父亲。他被你父亲收买了，承诺断了和你私奔的念想。"

"怎么会……太过分了！"

绘麻一脸不可置信地摇着头，油然而生的感情使声音和肩膀都在颤抖。

"明白了吗？所以你怀疑恋人不是你的原因，原因在于你的前世哟。你被心爱的男人背叛，父母让你和你并不爱的未婚夫结婚，你的一生都在空虚中度过。今生的你不知不觉就会怀疑男人、害怕恋爱，这都是因为无法忘怀前世痛苦的记忆。"

"那么……我，就这样一生都无法结婚了吗？"

奈绪美用平静的微笑接下哀求的眼神。

"放心吧。虽然你有一些性格缺陷，但大体而言你都有办法弥补，而且……"

绘麻一脸迫切追问的表情，奈绪美突然露出笑容。

"似乎……暗地里有男人偷偷喜欢着你呢？"

"真的吗？那是个什么样的人？帅哥？工作地址是？年收入大概有多少？"

"这样不行哦，不能通过外表和地位来判断一个人。"

奈绪美微微绷起脸责备着，中间夹着长时间的眨眼。

"嗯……是一个非常诚实、热爱工作、一心一意只想着你的纯粹的男人。只是那个人，似乎还没有勇气向你表白，正在烦恼自己是不是配得上你。"

"明明不用想这么多的……我该怎样做，那个男人才会向我表白呢?"

"你只要努力积极地生活,他一定会有勇气向你表白的。没问题,别着急,等着他下决定吧。"

绘麻安心似的拍打着胸脯。

"太好了……谢谢!"

"你有自己都还没有注意到的才能,为了让它发挥作用,你要自信起来!"

桌上拉在一起的手松开了,奈绪美像是完成了一份费力气的工作,缓缓地吐着气。

"真是太厉害了!什么都能知道啊。"

绘麻把手贴在胸口,兴奋得喋喋不休。

"养狗的事,房间凌乱的事,我的性格,而且连前世都……为什么知道我这么多事,真是被吓到了。"

直到此时,绘麻还是闪着炯炯有神的眼睛,用不厌其烦的语气说着话。

但是,下一秒突然嘴角上扬,笑里藏刀。

"让人陷入这样的想法里的欺诈师的手法,我总算是明白了。"

阎罗大人的攻击开始了。

3

绘麻从桌子上把手抽开,身子靠在椅背上,歪头斜视着身体僵硬的嫌疑人的脸。

"是什么样的手法,我很感兴趣。是冒牌占卜师的冷读术[1]吗?"

绘麻收起下巴,抬眼向上看去的视线饱含锋芒。

对方似乎还不能理解突然转变态度的女刑警的意图。奈绪美一副呆呆的样子,胸口不规律地上下起伏着,好像还没有意识到绘麻是敌人。

"听了你的高见,虽然不好意思,但是我也很忙,不能一直陪你玩下去,得赶紧工作了。"

听到这句话,奈绪美好像终于察觉到了状况。

"请说,警官。"

她的嘴角微微上扬露出微笑,但那是勉强做出来的表情,脸颊十分僵硬,明显和刚刚的笑容不同。因紧张她的眼球变得干涩,眨眼的次数也增多了。

招供率百分之百,绰号为'阎罗大人'的巡查部长的审讯,是基于行动心理学的非语言理论和超乎常人的洞察力。

让奈绪美占卜只不过是为了让对方疏忽大意,把握平常的言行,分辨安慰行为的采样罢了。

"冒牌……您是那么说的吧?"

"是的,你的占卜……灵视,仅仅是语言的花招。"

---

[1] cold reading,cold指没有准备,reading指读心、占心。冷读术就是指在没有防备,甚至第一次见面时看透他人的心思,从而更好地与人交流,经常被心理医生应用于心理治疗。——译者注

"拥有自己坚定的想法是好事,但是不承认现实就很可悲了哟!"

奈绪美的眼神里浮现出同情。

绘麻迅速瞥了一眼对方的脚做了确认,刚刚还是笔直面对自己的那双女士无带浅口轻便皮鞋的鞋尖,现在正朝着门的方向,这是想快点离开这个地方的心理表现。

"不承认现实的,不是你吗?不承认自己是杀人案件的犯人,这个现实。"

奈绪美的瞳孔,充满不稳定的浑浊。

"你……似乎还被困在前世的因缘里啊。继续这样不去努力克服的话,你的身上会发生不幸的哟!"

"比如说什么不幸呢?你具体地告诉我呗。"

绘麻双肘撑在桌子上,双手在脸前做出'尖塔式手势',表现出自信。

"怎么样?说说看嘛。比如失去重要的东西呀,和朋友的关系破裂呀,家人和我遭遇车祸呀,又或者……"

绘麻嘴角上扬,露出挑衅的微笑。

"又或者三天后会死?就像你对被害人山本高臣先生说的一样。"

一周前,在池袋自家公寓里独自生活的公司职员,三十三岁的山本高臣被杀害了。死因是脖子被带状物勒住窒息而死。第一发现人是对无故缺勤感到奇怪,到被害人家里探望的同事。

警视厅在东池袋警署设置了调查本部,开始了调查。现场没有留下物证,也没有目击证人。被害人家的房门没有被撬开的痕迹,也没有发生争吵的迹象,所以警方怀疑是熟人作案。

不久,手嶋奈绪美就出现在调查线索上。

据负责案发现场刑警的打探,确定了被害人生前和同事透露过'如果我发生了什么事,就是那个女人干的'的事实。而且被害人死前三天拜访过奈绪美,发生口角后,被宣告'三天后会死'。也就是说占卜师的预言变成了现实。

奈绪美对来打探情况的刑警供述案发当晚在自己的店里,从正好在场的客人那里也取得了证词,不在场证明成立。

可是,数日后,调查本部决定传唤奈绪美。

"知道了自己的妻子私下给你献纳一大笔钱的山本先生,让妻子远离你,并且还要求你返还那些钱。但是你拒绝了,因此山本先生募集了同样被你骗了钱的受害者,想要告你诈骗罪。"

被害人最初是默许了妻子频繁地去奇怪的占卜师那里占卜,因为妻子自两年前流产以来,精神状态不太稳定。

——并非相信。如果那已成为妻子的心灵支柱,也没其他办法,仅靠自己陪在妻子身边是不行的。

妻子开始沉迷于占卜时,山本曾在酒桌上和同事抱怨过。

后来山本改变了想法,因为他发现数月之前为了购买房子,一直在存钱的账户的余额已经见底了。最初给占卜师的谢礼只有几千日元,但随着占卜次数增多,谢礼像是拍卖叫价一样成倍增长,最后一次竟有十多万日元。关于钱的流向,调查本部也正在确认山本的存折。

"虽然能感受到您表现出来的恶意,但是您所说确是事实。山本女士的老公不愿承认因前世的因缘导致了妻子流产,并陷入情绪不稳定这个事实。"

奈绪美开始使用敬语是戒备着对方,想要拉开距离的心理表现。

"现实是山本先生的妻子流产了,从而陷入情绪不稳定,仅此而已。什么前世的因缘,是你的骗术罢了。"

"那么想,是您的自由。"

她用责备似的眼神关注着绘麻和她背后记录审讯内容的陪审刑事。

"那可不行啊……因为现在死了一个人。"

"虽然感到过意不去,但是没有办法,因为他无视了我的警告。"

"警告……不,是杀人预告吧。"

绘麻厌烦地吐了一口气。

被害人责备了给占卜师献纳了一大笔钱的妻子,但是被奈绪美洗脑的妻子反而狠狠地责备了丈夫。希望妻子能面对现实的丈夫,和提起前世姻缘的妻子之间的论战找不到妥协点,两个人的观点变成了平行线。

结果,丈夫采取了强硬措施。联系了住在长野县的妻子的父母,把妻子托付给他们。然后自己去往占卜师那里,要求其返还妻子之前所支付的费用。

这是在调查过程中已经明确的事实。

"山本先生频繁地去你经营的咖啡店,偶尔抓住从店里出来的客人,试着劝说他们醒悟过来,为了揭露欺诈师的本性而召集同伴。"

"欺诈师……"

一瞬间露出不快,皱起眉的奈绪美的脚,在桌下交叉起来。这是表现不安、戒备和拒绝的非语言行为。

"不管什么时代,预言家总是受欺负的。"

"不管什么时代,冒牌货也猖獗。"

"我是不是冒牌货,是你能判断的吗?"

"我判断的是,你是不是罪犯哟。然后以此为前提,有必要去鉴别你的灵感占卜是不是冒牌的。"

"我明白山本女士的老公对我抱有厌恶的情感,也知道他和你一样,称我为欺诈师。但是你知不知道,因我的灵视被救和流着泪感谢我的人,是你们的多少倍?"

"真是自信满满。"

"自信……这个说法不正确。我拥有灵能,不是你信不信,是不可动摇的事实。我和灵魂对话,看到前世,为了让咨询者积极地生活下去给予他们适当的建议,这是神赋予我的使命。"

充满强烈意志的眼神忽然缓和下来。

"有人听了我的建议换了工作,每天过得很开心;也有人相信我的话试着改变一下行为,找到了恋人;也有人自杀未遂,但是后来变得可以积极面对生活了……"

这种完全自我陶醉的语气让人感觉刺痒,绘麻揪了一下头发。

"心灵弱小的人需要去相信些什么,即使相信的对象是冒牌占卜师的胡乱建议。对于那样的人,也许你的话就是光明。俗话说只要相信，泥菩萨也变神。"

"也有因女儿的脑瘤变小了而高兴的女人。如果我是你说的冒牌占卜师或者欺诈师的话，不可能发生那样的事吧？"

"那种事只是凑巧吧？"

"那个人的父母，也就是患病的女儿的祖父母，为了让孙女接受最先进的医疗，你知道花费了多少钱吗？不止几百万。可是别说治好脑瘤了，医生都没办法阻止病情恶化。但是我一用灵视脑瘤就变小了，因为医生只能发现病情，看不到前世，所以治不好是理所当然的。这么说来，到底谁才是欺诈师呢？"

"知道认知的整合性理论这个词吗？"

"不，不知道。"

"是心理学用语。若知识和信念等认知要素有不连贯性的话，人们会感到不快，从而改变自己态度的想法。简单来说，就是叫合理化。嗯……解释得通俗易懂点，就像是连续几次在街上偶遇认识的男人，然后便自认为他就是命中注定的对象一样吧……不，也许这么比喻不太对。"

绘麻扭曲着脸，歪着头。

"总之，人的大脑会把偶然发生的一连串事情合理化，然后变成必然，这就让欺诈师和冒牌占卜师钻了空子。什么找到了恋人呀，脑瘤变小了呀，这都是单纯的偶然性事件。偶然发生一些好事，又恰巧那个时候来找你咨询，咨询者就自然而然地将其解释为托你的福而发生的。我反而对你从那些抱有深深的烦恼的人那里骗取钱财的事实更

加感到厌恶。"

"钱不是幸福的指标吧?"

"说得还真是矛盾呢。如果钱不是幸福的指标,你为什么要求那些抱有烦恼的人付钱呢?"

"并不是我要求的。大家为了表示感谢,自发地给我礼金的,我有必要拒绝感谢之情吗?"

"在向你咨询的人当中,也有因此陷入经济贫困的人啊,甚至有人去贷款。"

"能为我做到如此地步,就更不能拒绝了。"

奈绪美目不转睛地盯着前面,一点都没有露出想要欺骗对方的企图,或害怕坏事暴露的胆怯,一副堂堂正正的样子。

"那么,你完全不觉得自己做的是坏事吗?"

"不觉得,为什么要那么觉得呢?我只是引导迷途的人。"

"然后把妨碍你的山本先生引向了死亡。"

虽然用了直接的表达方式来牵制,但是奈绪美的情绪并没有出现慌乱。

"我不是引导,是警告。可怜的是他没有接受我的警告,所以才丢了性命。"

完全没有安慰行为。

是精神病患者吗?

绘麻这么想到。煽动反社会行为的新兴宗教家、连续杀人狂,还有欺诈师里也有很多对他人完全不抱有共鸣的人格障碍患者,他们对自己犯下的罪不会感到丝毫后悔。因为手嶋奈绪美患有人格障碍，是精神病患者，所以她在否定杀害山本的时候没有伴随安慰行为吗？

不是，错了。

即使对他人不抱有共鸣，精神病患者也有强烈的自爱。那不是内疚，仅仅是对接受惩罚的恐惧，也应该会表现出谎言被揭穿的安慰行为。

如果是这样的话奈绪美是无辜的吗？只是调查本部把间接证据这个认知要素合理化，怀疑了无辜的人吗。

打消心中矛盾的同时，绘麻说起了调查本部的见解。

"上面认为山本先生被害，你应该起到了什么作用。更进一步地说，是你指使某人杀害了山本先生。"

不在场证明成立，没有物证。有的只是嫌疑人和被害人处于对立，说中了被害人的死期这个事实而已，除了让她招供以外没有其他证明罪行的方法。调查本部在这个情况下传唤奈绪美，是对毫无进展的调查状况感到焦虑，是一次危险的赌博。

"我……指使某人？真是奇怪的说法啊，你是说命令别人去杀人，能帮助那些迷途的人？"

"一般是不可能的，但如果是你的话，能做到让别人如此相信。"

"我没有做那样的事。就算我向谁说了那样的事，也不会有人听从吧。"

"没那回事，米尔格拉姆实验证明了。"

"米尔格拉姆？"

"是的,米尔格拉姆效应,是美国心理学家斯坦利·米尔格拉姆的实验证明的心理效应哟。是以弄清纳粹党军官的心理状态为目的而进行的实验,虐杀了很多犹太人的军官真的是残忍的人格异常者吗……答案是NO哟。他们都是极其普通的市民,但是被纳粹党洗脑,杀害了很多人。米尔格拉姆的实验结果显示,人无法违抗声称自己会负全部责任的权威人士的命令。人的自我是一个很模糊的东西,甚至连什么是正确的,什么是错误的,都需要别人来做出决定才会安心。"

"是个悲伤的故事呢……"

闭着眼的奈绪美没有表现出安慰行为。对他人抱有共鸣,也就是说她不是人格障碍患者。

"你应该也能做到同样的事情。对于那些崇拜于你的人来说,你就是绝对的权威。一般来说,不会有人给占卜师金钱以至于经济窘迫的。但是那样的人在你周围有很多,那些人是异常者吗……不是的。在遇到你之前,他们都过着极其普通的生活,是极其普通的人。是你改变了他们,你通过给对方洗脑使他们坚信你有特殊的能力。"

"你是想说我和希特勒一样吗?我可不是,我只是指引迷途的人去往正确的方向。"

"希特勒也好,奥姆真理教的麻原也好,都说过同样的话吧?"

"他们和我不一样,我没有错。没有命令谁去杀人,也不可能是某一个仰慕我的人杀了山本先生。"

毅然决然一口咬定的奈绪美没有安慰行为。

"那么为什么山本先生和你预言的一样死去了呢,而且还是以被杀害的形式。"

"因为我能看到未来。如果不改变行为，他就会死，我给了他警告。因为预言中了所以怀疑我吗？这不就成了我有能看到未来的能力，我是天选之子的证明吗？"

果然没有安慰行为。奈绪美反倒是充满自信，甚至表现出肩负崇高使命的自负。绘麻去确认脚边，发现交叉的双脚也松开了，脚尖对着正面。

奈绪美没有杀害山本，也没有指使谁去杀人。但是和预言一样，被害人被杀了。

奈绪美一定是以某种形式参与其中。

和煽动反社会行为的多数罪犯一样，被认为是妄想性人格障碍的奈绪美对他人抱有共鸣。不是人格障碍，但是对自己的诈骗行为不自知，是真的相信自己有灵能。

也就是……

"原来如此……"

像是不放过瞬间发现的解决案件的头绪一样，绘麻咬住嘴唇。

4

"根据资料，你大概是在八年前开始占卜。最初只是出于兴趣，用轻松的心情为来吧台的客人用塔罗牌占卜……上面是这么写的。那和你离婚的丈夫呢？"

绘麻的视线离开调查资料，抬起头，看不到奈绪美感情的动摇。

"但是你的占卜被评很准，不久你就用窗帘隔开店的一角，设置了专用场所。从这时候开始，你就不用塔罗牌了，转变为所谓的灵感占卜。最初是免费占卜，后来客人渐渐开始用金钱作为谢礼，没过多久那些礼金就超过了你咖啡店的收入。你丈夫开始后悔劝你给客人占卜，虽然小店的生意是变好了，但是你的言行变得很奇怪，夫妻之间开始渐行渐远。"

"我只是'觉醒了'而已，因为我注意到了他和我在前世没有羁绊，所以我们就不能再在一起了。"

"是吗？"绘麻苦笑着耸耸肩，"据你丈夫的说法，最初是你说你们在前世也是夫妻，所以性格非常合得来。不是吗？"

"是的。但是因为当时的我不够熟练，只能看到前世的一半。后来我发现，前世的他跟我结婚后，和一个年轻的女人跑了，我们没能白头偕老。"

"那只是强词夺理吧，就像是故意唱反调呢。实际上你丈夫根本没有出轨，他劝告沉迷占卜后言行可疑的你，让你别占卜了。因此你们的关系出现裂痕，不久丈夫离家出走，最后离婚了。"

"不管契机是什么，我们离婚的结局是和前世一样的。"

"根本没有什么前世。即使存在，和你说的也不一样。"

"有，我能看见。"

没有安慰行为。绘麻哎呀呀地叹了一口气后，像是重新振作起来一样肩膀上下抖动，重新面对嫌疑人。

"话说，手嶋女士，你明明赚了很多钱可是穿得很朴素啊。钱到底花在哪了呢？存在银行吗？"

"没有。我小时候父亲就死了，现在我在尽可能地捐赠支援单亲家庭的财团。"

没有安慰行为。

"哦，是这样啊，我以为那朴素的服装一定也是为了成功占卜而进行的自我伪装而已。"

诧异地皱着眉的奈绪美微微一笑。

"说是灵感占卜，不过是行为心理学的应用。通过刚刚的占卜我就明白了，在行为心理学上，人所穿的衣服和饰品都是非常重要的信息。暴露程度低代表诚实和忍耐性强，能容忍他人，心胸宽广；衣服实用性高代表热心和会说话，内心充满自信；不注重打扮代表思路清晰和对方没有操控他人的意图；这些都会传达给对方。所以，通过装扮就能操纵留给对方的印象。例如，电视里表演灵能的人大多是穿着非常朴素的大妈。在水晶前披着面纱这种所谓的典型占卜师的装扮，实际上会让对方防备、警戒。"

"我没有那样的打算。"

"也许吧，你不是在书本上学到的行为心理学。但是与之相应的，有无数实地研究的机会。这次为什么对方的反应很淡，试着取下饰品看看，下一个人的反应变好了。大概是这种感觉，你在不知不觉中实践了行为心理学。"

"不是的。"

"没错，首先以服装给对方安心感，然后让对方用平常使用的笔写下自己的名字和出生年月日。但实际上所写的内容不是关键，通过字的大小和写字的力度，可以在一定程度上推测出对方的性格。观察使用的笔和包的品牌等，大概能推测出对方的爱好和经济状况。"

绘麻伸出手掌阻止了想要反驳的奈绪美的动作。

"然后你握着对方的手，通过自然的动作入侵到对方的个人空间，表现出亲密。同时通过手的温度、干湿情况和对方回握力度的大小等，也能明白对方的性格，以及对你说的话有什么样的反应。比如说，突然手的温度变低，那就代表对方不高兴必须转换话题。在咖啡店的一角开始占卜，对你来说是好事。吃饭时提出的意见能够被善意的接受，这是美国的心理学家格雷戈里·拉兹兰命名的'午餐技巧'，也就是将吃饭的快乐和对对方的好感联系在一起。"

出现了嘴唇往里卷的安慰行为，奈绪美似乎感受到很大的压力。

"好啦，虽然到此为止我的审讯和平常是一样的，但从这里开始就是我和你的不同。你在给对方安心感的基础上使用了冷读术，让对方产生错觉，认为你的确非常了解对方。"

"不是错觉！我看得很清楚。"

绘麻摆摆手。

"好啦好啦，别那么生气，好好听我说。使人相信是你的工作，而我的工作是怀疑。在听完我所有的话之后，有反对意见的话我会接受。"

刚想说些什么的奈绪美，最终垮下肩膀，做出一副倾听的姿势。

第三话 我什么都知道

"首先,你说能看见狗。然后,我把那和小时候在老家养过狗的记忆连接起来,就好像是你一开始就知道那件事,但实际上不是。你对我一无所知。你只是说能看见狗,如果是现在正在养狗的人被说中了估计会很吃惊。但事实上,没有关于狗的回忆的人,首先就不存在吧。有人曾经养过狗,有人喜欢邻居家的狗,有人虽然现在没有养但以后想养。又或者有人讨厌狗,有被附近的狗咬过的经历之类的。其实不是你说中,而是对方觉得被说中,然后自己说出来的而已。"

"如果是这样的话不可能连狗的名字都知道吧?"

"嗯,但是你只是说了'白'啊。正好我养的狗名字叫'小白',我就把那理解为我养的狗的名字了。但是,如果是养白色狗的人,就会认为是毛色被说中了吧。即使不是全身都是白色,比如白色和黑色,白色和褐色等。也可能是在白色的狗屋里养的,或者狗喜欢的玩具是白色。事实上,你什么都不知道。但是那也没有关系,因为对方会自行理解你说的话,然后开始滔滔不绝自说自话。我说了上初中之前养过狗,也就是说,你完全可以预测到狗已经死了,所以你才说好可怜啊。这句话完美的地方就在于,万一狗没有死,即使是被别的家庭领养,和主人分别了,这句话也能顺理成章地成为安慰之词。还有,我都说了我散步的时候放开了狗绳,后面的展开谁都能想象得到了。"

奈绪美沉默地注视着绘麻。

"接着,你说你通过小白的眼睛看到我房间很凌乱。不是看到,是让我觉得你看到了。这里,你让我用平时使用的笔写下的名字和生日就发挥了作用。"

绘麻从脚边把包拿上来，拉开拉链倒过来。

化妆袋、卷筒吹风机、没吃完的夹心面包和小袋零食等一股脑地掉在桌上。

"我拿出笔的时候，你看到了这些东西吧。包是这样的状态，所以你猜到我应该不是会好好整理自己房间的人。"

绘麻把散乱的东西装回包里。

"你一开始这么做就是为了给对方植入强烈的印象，让人以为这个占卜师是真的什么都能看到。成功了的话，后面就是文字游戏了。在周围人看来是开朗善于交际的人，与之相反，戒备心很强，内心深处和他人之间建起一面墙。就算在人前装作女强人的样子，也有经历过被不安折磨又胆怯的夜晚。在至今为止的人生，切身感受了坦率表露自己的那种可怕；对自己太严格；想要被人喜欢的欲望很强……确实说中了。不过，谁都是这样的吧。这些话确实很有效果，因为人很容易相信一个笼统的、一般性的人格描述，并认为它特别适合自己，准确地揭示了自己的人格特点……这被称之为巴纳姆效应（Barnum Effect），是被心理学家证明了的诱导询问的手法。美国的心理学家巴纳姆·福勒称它为心理检验，当他向学生们传达了你刚刚所说的那些性格分析时，大部分学生都认为分析结果与自身实际高度契合……"

绘麻摊开双手，耸耸肩。

"我觉得你很厉害，明明没有专门学过心理学，却能巧妙地操控人心。不过前世的那段故事，简直就像少女漫画里的悲恋故事一样，让我憋笑憋得很辛苦。若对方是真的拥有烦恼，而且因冷读术完全崇拜于你的人的话，也是有效的吧。真的是佩服，你很有才能……欺诈师的才能。"

奈绪美气到肩膀颤抖的，大喊了一声："不是的！我不是欺诈师！我能看到！"

Freeze,Flight,Fight。濒临危机的动物表现出的三个阶段的反应当中，奈绪美表现出 Fight——战斗的姿势，这是抱有巨大危机感的证据。

"你没有特别的能力，你也不会灵视……你什么都看不到，这就是证据哟。"

绘麻把手提包放到桌上。

"实际上这个包，还有里面的圆珠笔都不是我的。"

奈绪美睁大的眼睛里，瞳孔在收缩着。

"希望我用平时使用的笔写下名字和出生年月日，你这么跟我说，然后我就出了房间。但是，我去的不是调查一科的刑事房间，而是向警务科的女同事借来了包，还跟她解释了大半天。"

绘麻把食指放到自己的字迹上，说道："顺便说一句，这个出生年月日……也是我瞎写的。"

Freeze——表现出硬直姿势的奈绪美，拼命地想要恢复平静。

"是吗……但是，即使是别人的笔，即使出生年月日是错的，从你的字迹也传来了你的波动。"

Flight——逃跑。

想说点什么来逃避的声音颤抖着，表现出明显的动摇。

"从我的字迹……传来我的波动?"

绘麻坏坏地翻着白眼看着嫌疑人。

"是的,虽然画面有点混乱,但确实是你的波动。"

"确实,是我的能量吗?你看见我的事了吗?我老家养的狗叫小白也真的看见了?"

"是的,没错。看见了你在老家养狗的画面。"

"奇怪呀……"

绘麻抱着手腕,故意歪着头。

"我老家根本没有养过狗。"

奈绪美的脸完全没了血色。

"喂,西野。"

绘麻转过身面向背后,叫道。

"在,怎么了。"

敲打键盘的声音停下,西野回过头。

"把你刚刚听到的,你初中时代的回忆说给手嶋女士听听。"

发呆的西野瞬间露出一副得意的表情,身体朝向嫌疑人。

"我收养了在保健站差点被处理掉的狗,养在了老家。它全身是白色的,所以取名叫小白,可爱得不得了。但是有一天,我初中二年级的时候带着小白去遛弯,不小心放开了狗绳。小白冲就到马路上,被大卡车撞了。现在我都还偶尔想起那一刻,后悔当时做了不该做的事。"

说着说着就想起了过去,西野的眼眶湿润了。

发呆的奈绪美似乎感觉到了女刑警追究的眼神，露出一副恍然大悟的表情。

"是这样啊……我看到的画面，似乎是那边那位男刑警的过去啊。"

对假装流露出同情眼神的奈绪美，绘麻忍不住笑了出来。

"哎呀，真奇怪呢。不奇怪吗？小白不是和我在一起的吗？"

绘麻把下巴放到叠放的双手上，笑眯眯的脸颊松弛下来。连自己都觉得坏，但是停不下来。

"小白的灵魂在彷徨……偶尔也会跟着别人走吧。"

"会随便跟着去别人家里，抱怨房间很乱吗？太爱管闲事了吧，有点烦啊那只狗。好吧……那一点可能像狗的主人。"

绘麻瞥了一眼西野后回过头。

"但还是奇怪呀，你说小白不恨我。"

"那一段……印象混淆了。"

"不是，问题不在那。假使把本来对狗的主人西野的印象弄错发送到我这里，果然还是奇怪。因为，小白，说了什么来着……那个时候冲出了马路……嗯……"

奈绪美接着吞吞吐吐的绘麻说道："是我的错，不要责怪自己，请带着我的那份幸福生活下去。"

这么一说，背后的西野开始抽泣起来，像是被感动得一塌糊涂。

"西野。"

绘麻一脸无语的表情责备着后辈。

"你也明白的吧,她的话都是胡说的。"

"明白……虽然明白,但是禁不住想起小白……"

西野把脸埋在手腕里,拼命地压低声音。

"真是的……一看到你就能理解为什么会有人源源不断地给冒牌占卜师献纳大笔钱财了,饶了我吧。"

"虽然是这么说,但是楢冈前辈……一想到刚刚的话……真的就像是小白说……说给我听的……完……完蛋了……忍不住了。"

声音断断续续,似乎在拼命忍着眼泪。

"刚刚的话不是小白说的,这你应该最清楚。"

"是……"

"为什么奇怪,你解释一下吧。"

即使伸出下巴,西野也没想抬起头来,把脸埋在手腕里,肩膀不停地抖动着。

"你可是刑警,振作一点。"

被绘麻摇晃着上臂,西野终于抬起了头。

挤了挤眼泪,扁了扁嘴,西野开始说了起来。

"我,都是我的错……你说那样……那样的话……很奇,奇,奇怪……因为……"

说到这,西野咬了咬牙,好像在和呜咽做斗争。之后深深低下头,左右摇摇,一口气说了出来:"因为小白是母狗。"

"就是这么回事,你是因为太得意才露出了破绽呢。"

绘麻收回视线看向正面,在站起身来眼神飘忽不定的嫌疑人面前摇了摇手。

"你所看见的东西，到底是什么呢？我的事，西野的事，我借来包的警务科的女生的事，一个也没有说中嘛。"

"但……但是，我……"

"看见了……想这么说吧？确实是这样呢，灵视时候的你没有表现出安慰行为。也就是说，你真的相信自己具有特殊能力。但是，你自以为看到的东西却不是现实，只不过是来向你求救诉苦的人想要的语言、状况、图像而已，这就是真相。很难吧，要否定至今为止都相信的东西……但是，请接受现实，你是冒牌货。"

绘麻眼神尖锐地盯着奈绪美。

"这样多少有点解开了吗，对你的……洗脑。"

5

抽抽搭搭的声音停了下来，审讯室一片沉默。

"诶……楯冈前辈，到底……"

绘麻用眼神阻止西野想要站起来的举止，转向正面。

"通常的洗脑，也就是在洗脑和被洗脑的关系里洗脑者大多患有人格障碍。希特勒是有名的自恋型人格障碍和境界型人格障碍患者。以奥姆真理教的麻原开始，很多反社会的新兴宗教组织的创始人都是那样。人格障碍患者的脑回路和普通人有根本上的差异，拥有常人没有的领导力，以那种氛围压倒常人，以巧妙的言行压制心智，达到洗脑。因为和他人没有共鸣，所以利用他人时没有犹豫，也没有罪恶感。妄想型人格障碍患者支配普通人的心，使对方陷入妄想障碍，这是一般的洗脑模式。但是，你对我所说的故事表现出了同情和怜悯，这不可能是人格障碍患者的反应哟。但是，你深信自己有特殊能力，也就是你被洗脑——有妄想型人格障碍。和你给咨询者洗脑一样，你也被咨询者洗脑了。"

背后的西野站了起来。

"是怎么回事，楯冈前辈！她难道不是洗脑咨询者，在骗取钱财吗……"

"你闭嘴。"

绘麻像驱赶后辈刑警一样挥挥手，目不转睛地盯着奈绪美。

"我明白这难以接受……但是，你对我视灵后就明白了吧。你看不到现实，也看不到真相，你看到的是咨询者期待的歪曲了的景象。'很厉害，非常准，什么都能看见，你才是真的'，咨询者的赞词，使你陷入了妄想障碍，错以为只不过是话术的冷读术是真的灵能……你不特别，只不过是非常普通的人哟。你和咨询者之间与其说是支配和被支配，还不如说是相互加深洗脑的关系。你对咨询者而言，就是来得刚刚好的人生的救世主。"

"那……那不可能。"

猛摇头的奈绪美眨眼时间明显变长了，是想从眼前的现实逃离的心理表现。

绘麻站起来，把椅子移到奈绪美的斜对面。持有反对意见的双方喜欢面对面坐下，这是斯汀泽现象，通过这样做可以给对方步调一致的印象。

绘麻拉起奈绪美的手，用双手握住，侵入对方的个人空间，表现出亲密。

然后目不转睛地盯着对方的眼睛。

"很辛苦吧……我明白的，但是已经结束了。请过回自己的人生，你不是被选中的特别存在，你和那些带着烦恼找到你的人一样。"

"不是……不是的。因为我，救了很多人，指引他们走向了正确的道路。"

"是，你的占卜可能救了很多人。但是，因为你的占卜有一个人被杀害了也是不争的事实。"

"不是那样的。我看到了……他死亡的画面，确实看到了。"

"不，刚刚也说了吧，你什么也没看到。只是以为看到而已……不是你的预言说中了，而是有人践行了你的预言，让你看起来是说中了一样。"

"为什么……有必要这么做吗？"

"大概是，为了不让你从洗脑中解脱出来吧。杀了山本先生的犯人希望你持续患有妄想型障碍，希望你能继续当灵能者。"

绘麻觉得自己的假说矛盾了。

如果犯人是想持续对奈绪美洗脑，然后杀人，那他对奈绪美的灵能应该是怀疑的。

"手嶋女士，你……有在交往的男性吗？"

"没有,和前夫离婚以后,就没有交往的男性了。"

没有安慰行为。

"家人和亲戚朋友有欠款的吗?或者向你借过钱的吗?"

"没有。十年前母亲死了之后,和亲戚就变得疏远了。"

也就是说,犯人的目的不是奈绪美的钱。

犯人知道奈绪美没有特殊能力,但是为了实现奈绪美的预言去杀了人。能做到如此地步,是因奈绪美有妄想型障碍,且能得到犯下杀人风险相应的利益。即便如此,奈绪美的经济能力也不值得期待。

因奈绪美持续被洗脑,能得到利益的人。

难道……

"手嶋女士,你刚刚说有个女人的孩子脑瘤变小了,对吧?"

"是的,是江口女士,江口……聪子女士。大概一年前,她找到我说上小学五年级的女儿因为小儿癌,脑瘤似乎压迫了视神经,失明只是时间问题。肿瘤长在没办法做外科手术的地方,现代医学也毫无办法,所以才来找我咨询。"

"然后,你做了什么?"

"对一周来一次的江口女士进行了灵视,偶尔也去她女儿看病的那家医院,直接对她女儿进行视灵。"

"去了医院吗?"

"是的,偷偷地……"

"有必要偷偷地去吗?"

"因为最初去的时候江口女士的父亲很生气,把我赶走了。说是不能让奇怪的占卜师靠近宝贝孙女,他们在做着力所能及的事……"

绘麻翻着调查资料,找关于江口聪子的记述。

江口聪子,三十二岁,和丈夫离了婚,带着孩子在娘家和父母一起生活。被怀疑因崇拜奈绪美而犯下杀人罪行,但是医院的护士作证说案发当时她在陪着住院的孩子,不在场证明成立。

"从江口聪子女士来找你开始,她女儿的脑瘤就变小了是吧?"

"是的,她说医生们也很吃惊,让我不要在意她父母的事。还说托我的福,她女儿的脑瘤变小了,叫我一定要过去看看。"

如果是这样的话,江口聪子就不可能是杀人犯了。因为对非常崇拜奈绪美的人来说,预言不是需要去践行的,而且理所当然会实现的。

"江口女士的女儿的脑瘤完全消失了吗?"

"没有,但在慢慢地变小。虽然不会马上失明,威胁到生命,但还是不能大意。"

奈绪美摇着头,没有表现出安慰行为。

是这样啊。

绘麻上下耸耸肩,深吐一口气。长时间的眨眼,是因为真相太令人心痛。

"最后让我再确认一遍,你和想要拿回钱而频繁去你店里的山本高臣发生口角,感情用事,所以宣告他三天后会死。"

"是的。"

"但是,你没有指使谁去杀害山本先生。当然,你自己也没有杀害山本先生。"

"是的……"

没有安慰行为，没有说谎。

确信的同时，绘麻用笔在便笺纸上写着。

"西野，这个……拜托了。"

把指尖夹着的便笺纸递向背后。

西野接下纸，确认了潦草的字迹，一脸吃惊。

"楯冈前辈……"

通过绘麻的点头和那认真的表情，西野接受了现实，朝着门走了出去。

可是边走边回头的脚步里，掺杂着困惑。

确认门关上以后，绘麻再次面向奈绪美。

"你不是犯人，很抱歉怀疑了你……但是，你的灵能引起了杀人案件是事实，知道这个事情后，今后怎么做就看你了。"

"犯人……你已经知道了吗？"

"是的，接下来就传唤、审讯，应该是没错的。"

"到底，是谁……"

"江口聪子女士的父母二人的其中一个吧，或者两个人都是。考虑到犯人必须有能够把人勒死的腕力，杀人犯应该就是她父亲吧。"

奈绪美瞪大眼。

"为什么……江口女士的父母，明明不相信我的灵能。"

"是认知整合性理论的合理化。"绘麻叹着气挤出话来，"这次的情况，江口女士的父母的认知要素，是孙女患有小儿癌，然后为了治好孙女的病，女儿拜托了占卜师，甚至把占卜师请到医院去灵视，女儿完全沉迷其中。而且女儿给了占卜师一大笔钱，有这样的事实吧。在这个阶段，江口女士的父母产生了认知要素的一致性，希望女儿只是单纯地热衷于与奇怪的占卜师来往，只要别让她醒悟过来就好。但是，从女儿和占卜师扯上关系以来，孙女的病就得到了改善。这个事实让她父母产生了认识的不协调，于是大脑不得不合理化你的存在和孙女的脑瘤变小的事实有关联。也就是，正因为女儿那么崇拜你，给了你大笔钱，孙女的病才变好，这么解释更加轻松，他们不能单纯地把你的灵视和孙女的病得到改善的事实归为偶然。把咨询者偶然发生的幸福合理化，错以为自己有灵能的你，应该能很好地明白这个道理吧？"

视线上移去确认，奈绪美的脸颊一阵抽搐。

"被害人山本先生打探你的周围，募集志同道合之人。因为江口女士的父母最初也不喜欢你，即使在某个地方有共同点也不奇怪。但是因孙女的病得到改善，江口女士的父母的态度发生了变化。就算你是冒牌货，即使孙女的肿瘤变小是偶然的，不想在这良好的情况下引起纠纷是自然的想法吧。但是，对于想要揭露你的恶行的山本先生来说，那样的理由无论如何是不能接受的。那个时候，你和山本先生发生了口角，宣告三天后山本先生会死。而他期待着预言不中的话，又会有人再次成为自己的伙伴，于是把那件事告诉了江口的父母……"

发出短暂悲鸣的奈绪美，就此说不出话来。

"明白了吗？对于江口女士的父母来说，你是不是真的有灵能不是问题。"

奈绪美睁大的眼睛就湿润了，大颗的眼泪流到脸颊上。

"感谢你的人，也确实是有的吧。但是，你没有注意到有人因此被打乱人生的事实。应该回头的……在你丈夫劝告你的那个时间点。"

似乎完全解开洗脑了。奈绪美用双手捂住脸，肩膀开始抖动。

在那里的是连自己的幸福都看不到，失去一切的三十八岁的女人。

6

"真的吗……那竟然是警务科小由纪的包。"

西野把饮尽的酒杯放在柜台上，揪着头发。知道了警务科女神的真正面目其实是'不会收拾的女人'后，似乎受到了很大的打击。

"可不能以貌取人哟。"

绘麻一边告诫颓废的后辈，一边把眼神落在打开的杂志上。

两人坐在新桥的小酒馆的吧台。

"外表……观察外表不是阎罗大人的拿手好戏吗？"

难得醉得这么快，脸色潮红的西野胡搅蛮缠着。

"是啊。从我的立场来看，和由纪交往的男生会很辛苦啊，放弃了也无可非议。"

"为什么呢？"

"你见过那姑娘穿便服的样子吗？"

"当然见过，迷你短裙下露出来的腿……可不得了啊。"

绘麻对搂着自己，独自困惑的西野嗤之以鼻。

"穿暴露度高的衣服的女生不想和他人有过深的牵连，她们对自己的自尊心评价很高。也就是有很强的自尊心，讨厌被束缚。穿实用性低的衣服的女生喜欢以自我为中心，也就是性格很麻烦的女生。穿设计感很强的衣服的女生有定向思维的倾向，不合理，不批判，也就是说话无聊。今天早上那个姑娘是穿的红色连衣裙吧，喜欢红色的人有很强的欲望和野心，行动力强的同时攻击性高，容易和他人发生冲突。也就是说，因为对男生期望很高，所以和她们交往会争吵不断。而且用情不专一，喜欢追求更好的男生，会马上换掉交往对象。还有哟，戴过多饰品是没自信的表现。"

"哇，可以了可以了。饶了我吧。"

捂住耳朵的西野，猛地摇了摇头。

"说起来你明明和我一直在一起，怎么不知道那个包不是我的呢？"

绘麻一边翻着杂志一边不快地吐槽，靠近西野的右腿架在左腿上，建立起心理防御。柜台上打开的杂志也有同样的效果。

"不是，确实照你这么说，我觉得可能是我想错了，但是一开始看到的时候我以为你是故意在装嫩。"

绘麻发射出锐利的眼神，阻止了接下来的话。

"楯冈前辈，从刚才开始你在看什么呢？"

西野突然变成察言观色的样子，窥视过来。

"没什么，在便利店买的时尚杂志。"

"果然不努力就不能在这个岁数保持这样的美貌啊。"

"你夸人的方法还真是笨拙。"

"因为我没想着夸你啊。"

西野坦然地说着,探过头来,毫不客气地侵入到个人空间。

"啊……这是什么,楯冈前辈。"

西野把手放到杂志上,想要把杂志拉过去,两人就那样互相拉扯着杂志。

"为什么看这样的东西。"

对带着指责语气的西野,绘麻抱紧杂志噘起嘴。

"你问为什么……当然是因为喜欢啦。"

绘麻打开的那一页,是占卜特辑。

"楯冈前辈相信占卜吗?"

"我觉得这世上不存在真正的占卜师和灵能者,但拿杂志上的占卜来娱乐一下也并无害处吧。"

"果然是没有吗?"

西野挠着脸颊,一副有点可惜的样子,说着说着就蔫了下去。

"谁知道呢,至少骗取钱财的占卜师和灵能者都是冒牌货,不然就是和手嶋女士一样有妄想型障碍或者轻度综合失调症的病症,认为可能哪里有真的,就被欺诈师钻了空子。"

"是吧……但是,我有一瞬间觉得手嶋是真的。"

"什么啊,为了不让你被莫名其妙的人骗了,我一开始就引导出了小白的故事。你不会是认为我们竟然有完全相同的过去而感到吃惊吧？把这合理化当成命运之类的。"

"怎么会，没有的事……"

"好啦，确实是没办法的事……尼采也说过'没有真相，只是解释'，恺撒大帝也说过'人们只相信自己愿意相信的事'。"

"那是谁？像是足球选手的名字。"

面对一副呆然若失的年轻刑警，大概光解释是没用的。

"是谁都无所谓了，总之对于后悔松开了狗绳的你，讨论手嶋是真的还是冒牌的问题之前，说小白不恨你才是你愿意相信的事。"

"是这么回事吗？"

不知道是理解了还是没理解，西野模棱两可地点着头。

"但是实际上，江口聪子的女儿的脑瘤变小了吧？"

"那大概是……安慰剂效应。"

绘麻把食指贴在嘴唇上，做出一副沉思的表情。

"安慰剂就是用葡萄糖之类的东西做的假药。不是有句话说'心情影响疾病'吗？正是如此。如果是权威医生开出的处方单，仅仅是糖块在某种程度上也能改善病情。机制好像是喝药的安心感作用于副交感神经提高免疫机能……总之就是相信的力量能治病。"

"真厉害啊，那个安慰剂效应能治好癌症之类的重病吗？"

"虽然肿瘤消失这样的都市传说故事经常在电视上播出，但是真假难辨啊，再加上还有很多黑心商家和新兴宗教劝诱。在癌症的治疗过程中，医生会投入各种抗癌药，可能其中一种就奏效了。加上安慰剂效应，说是帮助改善了病情，好吧……也能理解。"

"那么江口聪子的女儿的脑瘤以后会恶化吧,手嶋的存在就像是安慰剂,况且祖父还被捕了……"

西野悲伤地皱起眉。

和绘麻想的一样,犯人是江口聪子的父亲。江口聪子的父亲调查了女儿崇拜的占卜师的来历,拜访手嶋奈绪美的店时被被害人山本搭讪。虽说当时和山本意见一致,但是后来因为孙女的病情得到了改善,所以远离了山本。

——并不是相信灵视。但是,当预言的日期来临时,一切渐渐变得可怕起来。如果证明了那个女人是冒牌货的话,女儿也好,孙女也好就失去了依靠……如果变成那样,说不定……总之那件事很可怕……

年老的父亲流着泪说道。

"不知道,不确定手嶋的存在是不是真的对病情有作用……那样的想法本来就是认知要素的合理化,说危险……也危险吧。我们只管逮捕犯人,关于江口聪子的女儿,只能相信考验使人坚强了。"

绘麻像是想让自己接受一样点了点头,结束了话题。

"虽说如此,你还是太天真了。不,说天真像是在夸奖你一样,纠正一下,是太蠢了。你是怎么当的刑警?"

"不用特意纠正的。因为,真的说中了……"

西野不服气地噘起嘴。

"那个女人说中了什么呀?小白的故事不是我而是你的过去吧,房间散乱什么的,也是看了警务科由纪的包之后预测的。我先声明一下，我的房间可是很整洁的。还有就是巴纳姆效应，那个性格分析不是适用于任何人的吗？然后就是前世怎么样啊，有寄托思念的人啊，完全是想取悦对方而信口开河……"

"最后的时候，说到有一个对楢冈前辈单相思，没有勇气告白的男人……"

绘麻打断西野的话，极力解释道："所以说那种表达就是冷读术的狡猾之处了啊。那种说法，就算没说中也没法证明。要是过了很久都没人来表白，可以推托他只是还没有下定决心。万一有人来告白，大脑会因为认知整合理论将其合理化，咨询者会理解为她说中了。"

"不，我不是说这个……"

"啊，好啦，想起来就生气。即使知道那是冷读术，被那么说了还有一点高兴就让人恼火。哪里有偷偷暗恋我的男人哟！"

"就是这点，说中……"

西野的指摘被绘麻的尖叫声给淹没了。

"怎么了，楢冈前辈。"

楢冈无视西野，死死地盯着杂志。

不久自称二十八岁的单身巡查部长抬起头，满脸喜色。

"这里说双子座A型血的人明年会有桃花运！而且最终结婚的可能性很大。"

"真的吗？"

"嗯，对方从事IT或者法律相关的工作，年龄大将近一轮，是一个包容的男人吧？"

绘麻从椅子上跳起来,双手高举杂志。

"是吗?反正只是占卜,不可能准的。"

不知道为什么不高兴的西野,突然背过脸。

"怎么回事呀你,没有一点梦想。"

兴高采烈的绘麻用食指戳戳西野的肩膀,西野一脸不高兴地向后仰去。

"不想被阎罗大人说。老板,来杯啤酒。"

西野递出空杯子。

"什么啊,因为我说了警务科由纪的坏话所以心情不好了?那真不好意思了,为了你的恋爱进展顺利,我会好好支持你的。"

"我对由纪并不感兴趣。"

后辈斩钉截铁摇头的逞强,没有表现出安慰行为。

一脸不高兴的西野接过重新装满酒的酒杯,一口气喝完了啤酒。

这时,放在吧台上的手机响了起来。

"哎哟,桃花儿马上就来了吗?"

西野用怨恨的声音叫住拿起手机站起来的绘麻。

"就在这儿接吧,我没关系的。"

"我有关系,不想让对方产生奇怪的误解。"

"啊……点的大葱鸡肉烤串来了,那我先吃了啊。"

"只吃大葱是可以的哟。如果吃了肉,我是不会放过你的。"

"什么呀……那为什么要点大葱鸡肉烤串。"

绘麻一边忍不住对着发牢骚的西野发笑,一边打开了门。但是,在背着手关上门的瞬间,笑容就从绘麻脸上消失了。

"你好,我是楯冈。"

用生硬的声音应对的同时,握着手机的手掌渗出了汗。脑海中浮现出栗原裕子的脸,她披着齐肩的黑发,静静地微笑着。

我,要结婚了——

走在年末灯火辉煌的大街上时,她突然那么说了这么一句。裕子回过头,一脸娇羞地抬着眼,等待因过于惊讶而停下脚步的绘麻的反应。绘麻抓起她的双手送出祝福,她这才安心地露出笑容。

绘麻高中毕业后,考上了大学。她在高三的那个夏天拼命学习,勉勉强强才考上东京都内的私立大学,那也正是因为有裕子的支持。当得知考上了时,裕子高兴得像个孩子一样呜咽起来。上了大学后,绘麻和她也经常联系,告知近况,周末也一起出去购物。从师生关系变成了朋友。她对绘麻来说既是恩师,也是朋友,还是姐妹。

"情况怎么样?"

回答绘麻的是叹息声。双腿猛然失去力量,她才意识到自己仍抱有隐约的期待。

电话那边是小平山手警署的老刑警山下,是现在小平市女教师奸杀案件的唯一专职调查员。

"对不住……"

没关系——刚想张开的嘴唇停了下来。

"我也无能为力……不管怎样,都已经过了十五年了。"

从咀嚼岁月分量的喃喃自语中,渗出充满借口的消极口吻。"你也放弃吧!"感觉像是被暗中告诫一样,绘麻非常生气,沉默地站着。

案件还没有结束。犯人仍逍遥法外,现在还披着善良的人皮,在某个地方悠然自得地活着。

裕子和本应降临到这个世上的孩子。

杀了两个人的犯人——

油然而生的愤怒让绘麻握紧拳头。

SILENT VOICE

第四话　谁是有名的演员？

1

西野圭介把冒着热气的茶杯,摆在隔着桌子面向自己的两个女人的面前。

"谢谢!"

坐在右边楚楚动人的女人道谢道。那个瞬间,西野圭介被偶然抬头看来的忧郁眼神射中心脏,无法呼吸。黑色的长发随意地扎在脑后,看上去基本上没有化妆,即便如此也都美若天仙。虽然大一轮以上,还结了婚,但长得这么漂亮也不是不可以。简直是连对方的选择权都没有考虑的不合时宜的妄想。

"有什么事吗?"

女人不可思议地歪着脖子,发现西野正盯着她看。

"没……没什么……我觉得你很漂亮,而且,比在电视上看起来更小巧。"

"我经常被这么说,都说觉得我身高有一米七左右。"

"是啊,我之前也以为你是一个身材高挑的女演员。在电视上看起来会变大啊,当然我也能看出头小身材纤细。真是非常棒的身材,没想到是同一个人,哈哈哈……"

第四话　谁是有名的演员？

"是吗……谢谢！"

女人的表情里掺杂着是不是可以笑着应对的困惑。不管怎么说，杀人事件的调查正在进行中。狭小的审讯室有点煞风景，没有配套的摄像器材。

"你呀……"

能够听到从左侧传来的打心里厌恶的叹息。

"喋喋不休地在说什么呢？现在正在工作中，能把那追星族秉性给收起来吗？"

用手托着腮帮的阎罗大人——楯岗绘麻，用像看电车痴汉的眼神看着西野。

"什么追星族秉性？我没有啊。"

西野抿着嘴唇，掩饰着奇妙的表情，有点吃惊。因为他确认了以招供率百分之百为豪的前辈巡查部长的美貌，并不逊色于在电视和电影中备受欢迎的人气美女演员。与随着年龄的增加而更有魅力，甚至被形容为"美魔女"的著名女演员相比都毫不逊色。

本来整天和这样的美女待在一起应该是要感谢老天爷的，但是被像赶苍蝇一样，"不要说多余的话，赶紧回去工作"这样对待，也会变得想跟老天爷发牢骚吧。

西野一边生气，一边走向墙角的笔记本电脑。

背后传来翻调查资料的声响和楯岗的说话声。

"嗯。你真名叫内岛纱江子是吧？结婚以前姓什么？"

"田中。"

女人回答道。

"田中纱江子?还真是很朴素的名字啊……给人一种这个人就在身边的感觉。城之内纱江这个艺名是谁给你取的?"

"是发掘我的事务所的老板。更改后的名字更容易让人记住,在名字上加上一个'子'也给人一种很常见的印象,所以就给我取了那个名字。"

"嗯,老板的目的达到了,你如今可是非常有名的人。"

"并不是我厉害,是老板和经理,还有其他支持我的人共同努力的结果。"

"绝不骄傲,不失谦虚的姿态,也是名气的秘密吗?"

"哪有……我是打心底这么认为的。"

"话虽如此,毕竟是在获利要趁早的辛苦行业。不管周围的人如何努力,自己没有才能,不努力的话是生存不下去的吧,更不用说获得日本电影金像奖的最佳女主角奖了。"

"比起我的能力,激发出我演技的导演的能力才是根本原因。"

城之内纱江,也就是内岛纱江子主演的电影在各种奖项竞赛中独领风骚。对于从十多岁开始作为女演员活跃的纱江子,可以说四十二岁的现今才是演艺生涯的巅峰。

"那个电影……我也看了,那个导演是那么厉害的人吗?"

"是的。他还会自己写剧本,是一个会完全执行表演计划的完美主义者,可以说演员只要按照导演的指示去做就好了。"

"尽管如此,能够出色地按照那个完美主义的导演的指示去扮演

第四话　谁是有名的演员？

角色获得奖项的你,不是也很厉害吗?"

"但是……这次是为我特意而写的角色,很容易带入感情。"

"特意而写,就是从一开始就想好了演员然后再写剧本,对吧。那么一说,你在那个电影里演的角色是……"

"有女儿的母亲。就连我女儿是初中二年级的学生这一点,都为我考虑到了。"

"是吗,你有一个上初二的女儿?完全看不出来呀,皮肤光滑有弹性。虽说在电视上看到的时候因为灯光和妆容或许会有欺骗性,但实际上在跟前看也没有一点皱纹,真是一个美魔女啊。"

一阵被识破谎言般的沉默,是对女刑警的赞美要怎么应对才好而感到困惑吧。过了一会,纱江子答道:

"谢谢。可是,您也非常漂亮。虽然这么说有失礼节,完全看不出来像刑警。"

虽然西野对此也非常赞同,但是对于接下来楯冈说的话,就不得不摇头了。

"能被女演员这么说我很高兴。但是,我才二十多岁呢。"

自称年龄二十八岁,好像并没有要推翻这个说法的意思。到目前为止,她和在场的刑事后辈是同龄人都已经不自然了,如果西野到了二十九岁,她打算如何做呢?

西野正咬着衬衫的袖子忍着笑,感觉有视线扎在太阳穴上。

"你,工作的时候在干吗呢?"

难道后背长眼睛了吗?楯冈转过脸,投来尖锐如锥子般的眼神。

147

"我,我没有笑啊。"

西野大幅度地摇了摇头,楯冈嘴巴歪成八字给了一个表示怀疑的表情。

"因为对方是女演员,就露出追星族的秉性。你姑且也算是刑警底层的底层的底层,所以给我好好地拿出紧张感来工作。"

绘麻像发泄不满一样说完,又面向了纱江子。

"总之,我做了肌肤护理等各种努力,控制住了肌肤的转折点。能告诉我你年轻的秘诀吗?"

肌肤的转折点什么的,早就已经过了吧。

西野心里一边恶骂着,十个手指在键盘上不停地敲着。

"并没有什么特别的⋯⋯"

"啊,那是你在化妆水广告里说的台词吧'并没有做什么特别的,肌肤护理只有这一个'这句话。"

"啊⋯⋯是,是的。"

底层的底层的底层是什么呀,"底层"的次数太多了吧。

沸腾的血液让手指动得更快。

"实际上那个商品怎么样?只要用了就能保持美丽的肌肤吗?"

纱江子没有说话。就连西野都明白那个商品的宣传语言过其实了,所以保持着沉默。

"果然,不可能有那种事情的对吧?为了保持美丽的外表,需要养成良好的饮食习惯、保证运动、去美容院等等,需要坚持不懈地努力才对。"

"也不是……只是那个化妆水……"

"好了好了。在这儿说的内容也传不到广告出资人的耳朵里去,不要在意。"

"好吧……"

"话说,你以前和向井一起演过电视剧吧?"

"是,但是他……和事件没有关系。"

"这个我当然知道,我只是想知道他平时给人是一种什么样的感觉。"

"平时……吗?我只跟他合作过一次,并不怎么亲密……"

"什么呀,那就是不知道咯?比如说他喜欢的食物是什么?平时都在什么地方玩……另外,他喜欢的女生类型等。"

露出追星族秉性的是谁呀!没有紧张感的是谁呀!

西野的脸离显示器很近,粗暴的鼻息从键盘上反射回来甚至把前额的头发都吹起来了。

2

"啊,不好意思。因为能和女演员什么的直接说话不是常有的事。"

大约闲聊了二十分钟后,楯冈绘麻用手捂住嘴,装出回过神来的样子。采样结束了。

"没……没关系的。"

苦笑的纱江子眼角没有笑,浮现出放弃的念头。

"慢慢进入主题吧。"

和蔼从如猫一样的瞳孔里退去,绘麻把手抱在胸前。

"真的是你杀了内岛贵弘吗?"

"是的,正是如此。没有错。"

流露出悲怆决意的纱江子,没有一丝安慰行为。

三天前的早上,正在散步的附近居民,在涩谷区惠比寿住宅街的公园里发现了一个头上流着血倒在地上的男性。虽然接到报警后,急救人员马上赶到现场,但为时已晚。

从死者钱包里的驾驶证判明了身份。

内岛贵弘,四十六岁,是住在港区广尾的明星,和现在正在调查的内岛纱江子已经结婚十五年。

死因是脑挫伤,后脑部被石头一样的硬物击打了数次。现场周围没有打斗的痕迹,警方认为凶手是从背后突然袭击的。

涩谷道玄坂警署总部并没有怀疑受害人的妻子。尽管如此,纱江子仍在审讯室,是因为她突然前来自首,说:"我杀了我丈夫。"

"初步调查的时候,你对搜查员说了事件当晚和女儿两个人在家里这样的证言吧?"

"是的,确实最开始的时候是那么说的。"

"那你为什么突然想到来自首呢?"

"说谎总有一天会暴露。这么一想,变得害怕起来。"

在低着头的纱江子身上,虽然能够看到为了消除不安而抱着自己的手腕的安慰行为,但是没有微动作。从行为心理学来看,她没有说谎。也就是说，她是罪犯。

"所以，想要自首？"

"嗯，刚开始认为应该不会暴露给任何人。但是，那天晚上我一直睡不着……"

"所以就来自首了？"

"是的。"

没有安慰行为。

"你，杀了内岛贵弘吗？"

"是的，我杀了他。"

纱江子的举止说明她的发言是真的。

"为什么要杀他。"

"你们不是早就在调查了吗？"

露出自嘲笑容的纱江子眨了很长时间的眼睛，那是想从现实逃离的安慰行为。

"你说的是木户真理小姐的事吧？"

被绘麻这么一问，裕子并没有点头，而是表现出皱眉，嘴唇向内侧卷入这样的安慰行为，像是悔恨得咬牙切齿的样子。

"我被背叛了很多次，再也忍受不了了。他和那个女人，还没有切断联系。"

纱江子颤抖着脸颊，双眸因挂满泪水而摇动。

受害人内岛贵弘，作为娱乐圈屈指可数的花花公子而众所周知。即使是和纱江子结婚以后，也传出和几个女演员有外遇的丑闻。业内有一种说法，把谩骂媒体的丈夫和代替丈夫开道歉会的坚强的妻子做对比，从社会上获取同情票，从而筑造了她现在的地位。

而且，内岛贵弘最近的丑闻对象是二十岁的人气女演员木户真理。三个月前，两个人坐在内岛的爱车BMW上的照片被刊登在了《写真周刊》杂志上面。

"可不可以问……一个问题？"

绘麻为了不错过一点点的安慰行为，目光锐利。

"是什么呢？"

"为什么，是现在呢？这样的说法可能会让你感觉不舒服，可是你的丈夫有外遇，也不是稀奇事吧。光是刊登在《写真周刊》杂志上的外遇对象就不下十人了，为什么你现在才嫉妒到发狂呢？"

这里是无法解释的地方。内岛贵弘和城之内纱江子夫妻经常被娱乐记者作为马上会离婚的夫妻来举例。这是专门对假面夫妻的评价，所以警方不认为事到如今她还存在着强烈到以至于杀害丈夫的爱情。

"我一直在忍受着。每次都原谅他，一直抱着'这一次一定会改过自新吧'的一丝希望。可是，没用。"

"所以，你就杀了他？"

"没错，我，杀了我的丈夫。"

"你被激动的情绪驱使而去行凶，感觉你失去的东西也太多了吧。"

"爱会让人发狂。"

"很像女演员的台词啊。也就是说，你爱你丈夫爱到能够杀了他？"

"如果不是那样的话和那个人在一起十五年这种事情，我认为是做不到的。"

果然看不到安慰行为呀。

"为什么呢？我是不明白。"

什么都弄不明白。

绘麻不认为纱江子是杀害内岛贵弘的凶手。如果是平时的话可能就接受她的说法了，因为在承认杀人的纱江子身上看不到安慰行为。

"能给我说明一下行凶当天的行动吗？"

"那天，我下班回到家大概是晚上九点，之后再次出门时应该是刚刚过了十一点。我给丈夫打了个电话，问他在哪里，因为他回答得模棱两可，我内心又变得忐忑不安起来。"

确实在受害人手机的通话记录里面，有纱江子晚上十点半左右打来电话的记录，通话时长大概有三分钟。

"我坐立不安，就出门了。然后，我去了那个女人的公寓。"

"从广尾到惠比寿是怎么过去的？"

"坐出租车。"

"还记得出租车公司的名字吗？"

"对不起，不记得了。只是，出租车师傅不太像是通晓本地事情的样子，也有可能是东京都内的出租车公司吧。"

没有安慰行为，从目不转睛直直盯着绘麻的眼神里可以看出甚至有很强的觉悟。

"是吗……那样就麻烦了啊,要查明出租车公司需要花一点的时间。那么,你到了惠比寿之后做了什么?"

"在那个女人……木户真理的公寓附近监视着入口。过了一会,我丈夫和那个女人从公寓出来了。"

"两个人是什么情况?"

"他们正在吵架。我丈夫想要出去,那个女人好像在挽留。"

安装在木户真理公寓入口处的防盗摄像机里面,保留着木户真理抓着受害人衣袖想要挽留的画面。和纱江子的口供没有矛盾。

"那之后怎么了?"

"我等丈夫一个人出来,走近,追问他。他让我冷静下来好好说话,带着我去了附近的公园。在那里我们发生了争吵。"

"争吵的内容是?"

"对不起。那个时候完全被情绪左右,失去冷静,不太记得了。"

"凶器是?"

"可能是公园灌木丛里的石头。记忆有点模糊,不能断言一定是。"

"殴打的次数是?"

"不记得了。"

"那么凶器丢在哪里了呢?"

"不知道。因为处于一个忘我的状态,不太记得了。等回过神来,那个人满身是血倒在地上,我很害怕就逃走了。"

"回去也是坐出租车吗?"

"对不起,就连是怎么回去的也不知道。"

口供太模棱两可了，果然很奇怪。关于内岛贵弘遇害，因为受害人是明星，媒体做了大量的报道。纱江子供述的内容基本上是已经报道过的东西，没有说出一点只有当事人知道的秘密。

但是，在她身上看不到安慰行为。换而言之，纱江子讲述的是事实。

本来有地位又有名誉的纱江子，没有必要去顶替莫须有的罪名吧。难道是压力性暂时记忆障碍吗？

人在巨大的压力下，肾上腺素皮质会过量分泌一种叫皮质醇的荷尔蒙，会阻碍大脑传达物质。因此会发生短暂的记忆和判断力下降，失去一段时间的记忆。

对一般人来说，杀人行为伴随着巨大的压力。因为暂时性的记忆障碍，记不住事件细节的杀人犯也不少。

是这么一回事吗？纱江子是嫌疑人，但是陷入暂时性记忆障碍，不记得事件经过。所以供述的时候，在她身上完全看不到安慰行为吗？

不是，不应该是那样。

纱江子是犯人这件事，是不可能的。

"我恨那个女人，也恨……选择了年轻女人的丈夫。"

眼泪从女演员的脸颊流下来。绘麻陷入了像是在看电影的错觉，用力眨了眨眼。

3

几个小时前。

绘麻在审讯室面对着木户真理。

"你杀了内岛先生吗?"

采样结束,面对女刑警突如其来的态度转变她不知所措。真理黑色的瞳孔变大,光泽艳丽的粉色嘴唇收缩僵硬。

面临危机的动物行动的第一阶段——Freeze。

"不是的。"

她稍微停顿了一会,大幅度地摇了摇头,但是抑制不住大脑边缘系统的反射。

之前那一瞬间点头的微动作,绘麻没有错过。

"你在说谎。"

"什么谎,我没有说谎。"

频繁摸脸颊的举止,刚刚在采样的时候没有看到。这是安慰行为,真理是犯人,没错了。

"你公寓的入口处安装的防盗摄像机,拍到你追在内岛先生的后面出了公寓。从画面来看,你们两个人好像发生了争吵吧?"

那是受害人最后的行踪。推定的死亡时间,是在那一个小时之后。

"所以说不可能是我杀的吧,你也说了警察也看过那个采访了……"

"是的,看了啊,真是一出谎话连篇的好戏呢。"

在被传唤前不久,真理答应了某家电视台的独家采访。有名气的年轻女演员在摄影机前倾诉自己无罪的画面,从今早开始就在新闻频道和娱乐频道一直反复播放。尽做一些添麻烦的事情,刑警同事们一脸苦相。

"什么好戏?"

"嗯,是呀,那不是演戏是什么。因为是最近很火的演技派女演员,所以我还期待是什么样子的呢。看来也没什么了不起的啊,一眼就能揭穿谎言,也许红得有点太早了吧?"

"你在说什么呢!明明是一个外行。"

真理白色的脸颊看着就变红了。

"你在接受采访的时候,说在现场附近看到奇怪的女人。"

"是的。"

"那个时候,我看到你有摸喉咙的安慰行为。"

而且还伴随着长时间闭眼的动作。如果是一般人的话可能会认为那只是沉浸在悲伤之中,但是完成采样的绘麻是明白的。

那是安慰行为呀,真理在说谎。

"安慰行为?到底在说什么。我确实看见了,也有其他的目击证人吧?"

"嗯哼,有啊。"

事件发生后不久,住在现场附近公寓里的上班族,在下班回家的路上看到从杀人现场的公园离去的女人。

"你利用了那个目击者的证言吧?"

媒体马上打探出对警察做出证言的目击者的存在。遮着脸,变了声音的目击者作证的画面,事件发生后马上就在电视上播放了出来。

"什么利用?不是那样的。那个目击者说,看到的大概不是我。

即使这样,我还在摄影机前说了对自己不利的话。"

"影像中,你看到的是女演员木户真理小姐吗?"

面前被架着话筒的目击者没有自信地回答道:"当时太暗了不知道。"但是中途问了木户真理的身高,记者告诉她是一米六五。然后她就说应该不是,自己看见的女人更加小巧,应该不到一米六五。

"你说的不利的事,是关于那个 Open Heart 吧?"

绘麻指着真理胸前闪闪发光的项链。

蒂芙尼的 Open Heart,是泡沫经济时期非常流行的首饰。Open Heart 本身历史悠久,至今都有在定期售卖,但是人们对其在泡沫经济时期非常流行的印象太过深刻,最近有点过时的感觉。

传唤前真理在独家采访里这样说道:"我也在现场附近看到了奇怪的女人,大概和那个目击者看到的是同一个,比较小巧的年轻女性。虽然又暗又有点害怕没有看得很清楚,但是我记得很清楚,她和我戴了同样的项链。"

"你看到的奇怪女人,和你一样戴着蒂芙尼 Open Heart?"

"是的。"

"那是,内岛先生送的礼物吗?"

从受害人的年代来看,这么想也是理所当然的。

"嗯,是的,是他送的礼物。这个当时流行的时候,我还是一介小演员,没有能力购买。"

没有安慰行为,这些话好像是真的。

"是吗……真是个精彩的故事,除去最后你杀了内岛的结局的话。"

"我没有杀人。"

在摇头之前有点头的微动作。果然,杀了内岛先生的是真理。

"是的,杀了人的是你。你和受害人在被杀之前一直在一起,而且还和受害人发生了口角。"

"吵架而已,都会有的吧?"

"假如是恋人之间的话?"

在回答之前,有一瞬间的停顿。

"嗯。"

从问题到回答的反应时间,太长或太短都表示内疚,真理对和内岛之间的关系抱有不满是没错了。

"你和内岛先生是恋人关系……对于这件事你是承认的吧?"

"能够被他喜欢就足够了。"

"这样敷衍可不行,你们之间是恋人关系吗?还是说,花花公子的名演员拜访你的公寓,只是对你进行单独的演技指导呢?这是重点,关系到作案动机。"

"真是刁难的说话方式呢。"

真理不高兴地哼了一声。

"不好意思,用演技骗人是你的工作,识破骗人的演技是我的工作。"

绘麻耸耸肩,真理的眼睛里寄宿着真挚的光芒。

"我们之间存在爱情是事实。"

耐人寻味的发言，没有安慰行为。

能听到西野在背后发出很重的叹气声。清纯派年轻女演员的丑闻，对曾经是大粉丝的他似乎打击很大。

向垂下肩膀的刑警后辈投去同情的目光后，绘麻又面向了正面。

"你们是什么时候开始变成那种关系的？"

"你说的那种关系，是什么关系呢？"

"肉体关系。"

真理气得脸颊鼓鼓的，呼地吐了一口长气，像是感受到了很大的压力一样。

然后拧着眉毛用攻击的表情看着绘麻。

"连那种事都得说吗？看一看周刊杂志就能知道了吧。"

"写了关于你和受害人的周刊杂志，大部分我都看了啊。"

"那是因为工作，还是单纯的个人兴趣爱好？"

"这个嘛……两方面都有吧。今天对于确认报道的内容有几分真实，可是个好机会。虽然做这个工作得不到什么好处，但这一次占到便宜了哟。即使对媒体说谎，也不能在审讯中说谎。"

真理用蔑视一样冷酷的眼神看着脱口而出若无其事的女刑警。

"请告诉我吧，关于你和内岛先生的关系。"

绘麻探出身体想要靠近对方的亲密距离，真理立即抽身，上身向后倾斜，一边用眼神多次迅速地盯着她看，一边说了起来："我和内岛变得亲密起来，是因为两年前一起演过电影。"

"那个电影我看了哟。内岛先生演的主人公是一个单飞的毒品搜查官，你演的是主人公被狙击后住院时照顾他的护士，两个人对彼此有一种淡淡的爱恋。但不久，走私毒品的秘密组织就把魔爪伸向了你。为了救被劫持的你，主人公一人闯入敌人的基地……真是有趣啊。"

剧本写得很好，可是内岛的台词说得很生硬，真理又全是安慰行为，屡次跳戏，能够识破谎言也是一件麻烦的事情。

"那也是因为工作去看的吗？"

"不是，是好好去电影院看的。在有乐街Marion，我记得是和在联谊上认识的一个四十二岁的律师一起去的。"

"是男朋友吗？"

"不是的哟，那样的家伙。"

作为初出茅庐的女演员，只演过电视剧配角的你，在那个电影中突然被选为女主角级别的重要角色。以此为契机，你在通往人气女演员的台阶上一飞冲天。

"我很感谢他。"

"但是，你也付出了代价吧？"

"你说的是怎么回事……呢？"

真理僵硬的脸上浮现出戒备。

绘麻露出坏坏的傻笑。

"你用年轻的肉体来换取通往明星之路的车票，本来没有名气的你被那个电影选中，是因为内岛先生强烈的推荐吧。指定自己喜欢的女演员进行共演，假托演技指导而接近，这不是他的惯用手段吗？"

"那也是周刊杂志的消息吗？"

"不是，这是调查的结果。"

这是从对内岛玩弄女人感到棘手的经理那里得到的证词。

"因为从一开始就打算对你出手，所以内岛先生指名你当共演者。如果不是这样的话，又不在大事务所旗下的你，不可能突然得到那样的重要角色……这虽然是写在周刊杂志上的东西。"

以抱着手腕来建造心理防备屏障的真理发出了嘲笑。

"所以又怎么了，这在业界是很常见的事。"

"这么说来你和受害人的关系，从两年前开始持续到现在。"

"是的呢……没错。"

"他第一次来你的公寓是？"

"两个人为了庆祝电影杀青，那是第一次。"

"那是什么时候？"

"是我们相遇三个月以后吧。"

"不觉得讨厌吗？一个有妻子和孩子的男人。"

"当然讨厌啦。但是，我也知道对他来说我是特别的存在。"

说得斩钉截铁的真理，没有安慰行为。

"很有自信呀？"

这就是所谓的年轻吗？绘麻一脸苦笑。

"那你为什么杀了内岛先生呢？"

"我没有杀他。"

在否定前表现出肯定的微动作。攻击核心的话，真理就明显表现出了安慰行为。

"案发当天是你的生日吧？"

"是的，怎么了？"

"从防盗摄像机的画面来看，内岛在你的公寓待了不到一个小时就离开了，他离开前还给他的妻子打了电话。他害怕出轨被发现，慌慌张张地想要回家。但是，对你来说那是特别的一天……希望他忘记家人和你在一起，所以你挽留了他。可是他甩开你想要回去，你就追着他到公寓外面，吵了起来，最后杀了他。"

这是搜查本部根据证据描绘的故事。

"不是的。"

和语言相反，行为雄辩上承认了杀害内岛。

"欸，为什么一定是他呢？"

绘麻托着腮帮，做出同情的表情。

"确实他可能很有魅力，但是，你不是也很有魅力吗？更何况他还有妻子，你和他的年龄差都可以做父女了，而且还是一个对各种女人都出手的男人。不用吊死在一棵树上吧，其他好男人也有很多吧……比如向井先生。"

真理沉默着，一脸不满地盯着绘麻。

"我虽然能够理解你的心情，你并不是因为条件而喜欢一个人。但是，太可惜了，像你这么年轻可爱的女生，却成为助平大叔性欲的发泄口……沦为一个随便的女人什么的。"

"我才不是什么随便的女人。"

脸颊变得通红，眉毛上扬，眼神和身体都正对着绘麻。虽说对女刑警的挑衅感到不快,但更多的是对内岛的爱情毫不怀疑吗?为什么?绘麻抱着疑问,继续挑衅。

"男人嘛,都是任性的生物。他有家庭,即使发生多次丑闻也有不可动摇的地位和名气。你只是一个等着他来找你的,见不得光的女人。很痛苦吧,当你一个人寂寞地吃着晚饭,他却欢乐地和家人一起围着餐桌享受团聚。"

真理的双肩上耸,脸颊微微地痉挛着。和最初感触的一样,好像是容易感情用事的性格。

继续这样挑衅的话,迟早会露出破绽,绘麻内心暗自高兴。

但是——

"你认识他的妻子,所以仇恨也会翻倍吧。而且她还获得了日本金像奖最佳女主角奖,是人气和实力兼备的美女演员⋯⋯"

愤怒突然从真理的表情里消失,变成眯着一只眼,嘴角上扬的蔑视。

"你说实力?我反正是不认为那个女人有实力。"

绘麻对从嘲笑中渲染出来的从容感到焦虑,继续攻击。

"我明白你想那么说的心情。即使再爱,他也要回到妻子和孩子的身边。"

"警察女士,您认为我嫉妒那个女人吗?不是的,她确实是个美女,但是没有演技,在演艺圈这是众所周知的事实。"

"但是,如果没有演技是不可能获奖的吧?"

"那是导演的能力。导演激发出了演员实力之上的演技,仅此而已。"

"即使这样……"

"总之她没有演技。不想用她的导演的名字,我能列举出好几个。"

真理列举了数个导演的名字。

绘麻心情烦躁想咂嘴,好像弄错了谈话的进行方式。

"明白了吧?她是没有演技的,直接去问我刚刚列举了名字的导演也可以。"

一直低着的头抬了起来,像是轻视绘麻一样挺起胸膛。好像找回了自己。

"凶器丢弃在哪里了呢?"

绘麻重新振作精神,打算先备齐物证。容易感情用事,一眼就能看出安慰行为的真理是对手的话,从她的行为上导出凶器的丢弃场所应该不难。

"要说多少次才明白!我没有杀人。说什么凶器在哪里,也不可能知道!"

对于眼神到处躲闪的诉说,绘麻用从容的微笑回应。

"不是在问你……是在问,你的大脑边缘系统。"

西野把住宅区地图递给了伸向背后的手上。

绘麻在桌上打开画有东京都整体的广域地图的那一页,把食指放在上面。

"拜托了哦,大脑边缘系统。"

像平常一样食指准备要动了。

这时,有人敲门,绘麻转过头。

门开了,搜查一科的刑警同事走了进来。

"什么呀,现在正是关键的时刻呢。"

一边生气一边噘着嘴的绘麻,对同事在耳边的悄悄话感到无语。

"就在刚刚,内岛纱江子来自首了。"

同事这么告知道。

4

"做这样的事情,对你有什么好处吗?"

绘麻把胸贴到桌子上,盯着纱江子。

"好处什么的,我只是认为有必要赎罪。"

摇着头的纱江子身上没有安慰行为。

"难道?"

和木户真理同谋……刚一开口说就放弃了。纱江子姑且不说,真理是很明显轻视讨厌纱江子的,难以想象她们有同谋的可能性。

"真的是你杀的吗?"

"是的,我杀了人。"

果然,没有安慰行为。

是怎么回事。否定杀人的真理,明显可以看到有安慰行为。但是在招供杀人的纱江子身上,又没有安慰行为。也就是说,两个人都杀了内岛。

"那么……说一说你犯罪当天的行动吧,你记得的范围内就好。"

"刚刚都已经说完了……"

"没关系,再说一次,拜托了。"

绘麻合起手掌,纱江子一副没办法的样子开始说了起来:"因为有电视剧的拍摄,那天早上我五点就起床了。之后就是一整天的拍摄,回到家时已经是晚上九点了,之后再次出门大概是十一点多吧。给丈夫打了电话,问他在哪,因为他的回答模棱两可,所以内心变得忐忑起来,变得坐立不安。我出了门,然后,走向了那个女人的公寓。"

"等一下。"

绘麻伸出手掌,打断了纱江子的话。

"什么事……"

"果然还是算了。这些已经听过了呢,比起这个……"

双手在胸前交握,翻了个白眼后又眨了眨眼睛。

"让我听听向井先生的事情吧。"

背后响起咯噔一声,好像是西野摔倒了。

"向井……吗?刚刚也说过了,只是在电视剧里合作过一次。合作的镜头也不多,也不是很了解……"

"就算是你说的那样,也不可能是完全没有接触吧?"

"嗯……是的。"

"对他的第一印象是什么样的呢?"

"第一印象呀?"纱江子把食指抵在嘴唇上,视线游离到虚空里,"对方跟我打招呼……非常爽朗,感觉是个有礼貌的好青年。"

"那个时候,向井穿着什么衣服。"

"嗯……因为是将近一年前的事了,记不太清楚。"

"别那么说嘛,加油想一想看,听到这些事情的机会很难得啊。"

绘麻一催促,纱江子就露出一副困惑的样子望向天花板。

"大概,不是便装……应该是演戏的服装。白色……好像是白色的衬衫加西装裤的打扮。"

"是这样啊。"

绘麻眼神放光,点了点头。

"那么,现在能告诉我你今天早上吃的什么吗?"

"啊?"

纱江子的眉毛拧成了一团,对问一些奇怪问题的女刑警不停地眨眼。

"这个问题……和案件有什么关系吗?"

"案件?"

像刚刚想起来的一样提高了词尾语调,绘麻轻飘飘地摆了摆手。

"案件呀?明白明白,是你杀的吧。"

"是的……"

"那逮捕了犯人不就行了?好嘞,这个事就告一段落!"

绘麻嘭地用手刀拍了一下手掌,把身子探到桌子上。

"那么,话说回来,能告诉我你今天早餐的菜单吗?"

"早餐……吗?"

纱江子一脸困惑地歪着头。

"还是算了",绘麻耸了耸肩。

"欸……没关系吗?"

"嗯,因为想了想,你的早餐菜单什么的和案件完全没有关系呢。"

"是,啊……"

不知所措的纱江子的表情,在辩说着"什么呀?事到如今"。

"话题绕远了,继续说给我听吧,从你走向木户真理的公寓开始。"

对言行不可思议的女刑警一直保持着戒备的纱江子,像是刚刚平息了混乱一样深深地吐了一口气。

"我在那个女人的公寓附近监视着入口,没多久我丈夫和那个女人就从公寓里出来了。两个人像是在吵架,我丈夫想要离开,那个女人像是在挽留一样。"

"咔!"

绘麻再次用手刀敲打手掌,阻止了纱江子的话。

"不行哦,那样的演技是骗不到身经百战的刑警的哟。"

手刀架在面前,微微一笑。

5

"和木户真理说的一样,你果然是一个彻头彻尾的蹩脚演员。"

面对嘲笑自己的绘麻,纱江子哑口无言。

"乍一看你的演技是完美的。语调、表情,加上非常感动流下眼泪的情感表现,能获得最佳女主角奖也是可以理解的。但是,你即兴表演比较差啊。所以在注重细节表演的导演手下能够发挥能力，但是要求演员即兴表演的那一类导演就不太想用你……我说错了吗？"

"你，你在说什么呀……我不是很明白。"

"那种说话方式……"绘麻用食指指着纱江子，"那种说话方式，是人们在日常生活中自然的说话方式哦。但是，你的供述太冗长了，和平常的说话方式差别太大，就像是在背提前准备好的台词一样。"

绘麻对着发愣的纱江子说个不停。

"当然也有个体差异，也有人平常说话没有卡顿，条理清晰。但至少你不是，仅从我问你向井的事和早餐的时候的反应来看。"

"所以……所以怎么了？"

"你的供述，只是在读你准备好的台词而已。你说的内容，全部是杂志和电视报道过的消息。或许是先从报道收集消息，然后预先写成故事刻在脑海中再来自首的吧。关于案件重要的部分，你说不记得了。事实上，不是不记得，是不知道，因为你没在现场。"

"不是的！我在现场，我杀了人。"

"不，没有。根据研究，在所有自愿谈话中，出现一个语法停顿只占所有停顿的百分之五十五，剩下的卡顿和沉默是'那个'和'嗯嗯'等没有意义的接续词。可是，你的供述完全没有卡顿，只进行了完整的语法停顿，也就是……谎话。"

"我没有说谎。"

"再告诉你一个你说了谎话的根据吧。人在一边回忆过去一边说话的时候，眼睛会朝上看。虽然左上或者右上会根据人的惯用眼睛的不同而不同，但是每个人都会那样做。研究表明这是为了排除映入视觉里的多余的信息，为了可以集中思考。你在被问到关于向井的事和早餐菜单的时候，也朝左上看了。但是，在供述杀人的时候，基本看不到那样的行为。要说为什么，那是因为你不是在说自己体验过的过去。"

"为什么不相信我呢？我杀了人！我，杀了我丈夫！"

对流着泪述说的纱江子，绘麻耸耸肩，摊开了双手。

"果然你的即兴表演很差……也许能够成为今后表演的参考，我教教你。人在坦白内疚事实的时候，有省略主语或者含糊谓语的倾向，这是一种逃避现实的心理。'我杀了人'什么的，很少会有犯人说得这么清楚啊。省去主语'杀了人'，或者含糊谓语'我做了'，想要通过这样做从自己犯的罪里逃避哪怕一点点的沉重感，这是一般犯人的招供。"

"我……我，做了。"

"是的，那才是逼真的演技，演犯人的话可以作为参考。"

眼泪从低着头的纱江子的眼皮上掉落下来。颤抖着肩膀的呜咽，如果是演技的话就很逼真了。

"你……没有在现场。没有杀你的老公吧？"

"杀了……我……我做了。"

事到如今，她似乎还不想改变主张。

哎呀呀，绘麻叹着气，把身子靠在椅子的靠背上。

真是个强劲的对手。虽然可以是个蹩脚演员，但是在招供罪行的纱江子身上看不到安慰行为。如果没有更加可疑的真理的存在，就会那样被认为是犯人了吧。长期进行训练的话，就连大脑边缘系统的反射也变得能够控制了吗。如果是这样的话，今后假如还有调查演员的机会，要更加慎重才行。

这时，脑海中灵光乍现。

没有什么特别的……

女演员……内岛纱江子，随着年龄的增加越发具有魅力，更是被形容为"美魔女"的美女演员。

难道……

"内岛纱江子小姐……哦，不对，城之内纱江子小姐。"

绘麻向前倾，一动不动地盯着纱江子。

"什么事？"

纱江子一边擦着眼泪一边抬起头。

"从现在开始，能试着重复我说的话吗？"

纱江子不可思议地抬起头，接着听到绘麻的话就变了脸色。

"我，没有杀害老公。"

"为什么？我……我明明做了。"

绘麻对着把双手撑在桌子上，身体前倾的纱江子挥了挥手。

"没关系，只是重复。不会留在记录上，也不会成为什么的证据。西野。"

转向背后，西野举起双手点头，然后双手无力地垂了下来。

"呐，这样可以了吧。从现在开始，你说的话不会泄露到外面去。

试着说说看，我……没有杀害老公。"

纱江子的眼神在绘麻和她背后那位面对电脑的年轻刑警之间来回不安地看着，不久，像是死心了一样非常沮丧。

"我，没有杀害老公。"

"谢谢！"

绘麻确信了，一脸满足地点了点头。

6

"让我考虑一下。"

女刑警挪开椅子站了起来，伸了个大懒腰。然后抱着手腕，来回踱着脚步。

内纱江子用眼神追着左右移动的人影。

不明白。如果有人自称是犯人，那事情就简单得多了不是吗？

有谁心甘情愿顶着杀人犯的污名呢？但是，事情没有按想象的那样发展下去。

女刑警楯冈怀疑着纱江子。

不是怀疑她是杀人犯。

而是在怀疑，她不是杀人犯。

嗯，用力点了点头的楯冈快速转向了这边，背靠在墙上，眼神变得尖锐。

"你果然在包庇谁，我不认为你杀了内岛先生。"

"不是的，是我杀的。"

"是我杀的"什么的，很少有犯人说得这么清楚。

纱江子想起这个忠告又吓了一跳。

楯冈像是赢了一样自鸣得意地笑了。

"是在包庇谁呢？让你顶罪，收益最大的人是木户真理吧。你有包庇她的理由吗？比如说，有什么把柄被抓住。"

"那是……"

纱江子想要否定，还没有说完却又点了点头。

"不对，你包庇的对象不是木户真理。"

"我谁……谁也没有包庇。"

"你当初，对搜查员说了案件当晚和女儿两个人在家里的证言。"

"是的。"

"那是谎话。"

"嗯，我怀疑丈夫出轨，就去了那个女人的公寓。我没有在家里。"

"那也是……谎言。"

纱江子全身僵硬。怎么回事？楯冈的追问充满了在刚才没有的自信。

"你说案发当晚和女儿两个人在家里。作假的部分不是'在家里'，而是'和女儿两个人'在家。恐怕，案发当时你女儿没有在家里吧。"

楯冈的声音，像宣告死刑一样响起。

"你包庇的是你女儿吧。也就是说，犯人是你的女儿……"

大脑变得一片空白，完全想不起临场发挥的台词。

"难道你没有好好地问过你女儿吗？连事实都没有确认就认为女儿犯了罪，随意地来自首。"

"和我女儿没有关系！是我干的！"

拼命地表演也没用，楯冈流露出同情的眼神。

"我还有一个疑问，你为什么在那个时间点来自首？警方认为木户真理有嫌疑，传唤了她。虽然和目击证言有出入，但从情况来看她是无限接近于罪犯的。就算不能引导她招供，警察也有可能会把她当作嫌疑人逮捕立案。可是你在她被传唤后不久就来自首了，就好像是为了证明她无罪一样……这是怎么回事呢？"

"我……我……"

溢出的泪水不是表演，纱江子因呜咽而说不出话。

"最开始，舆论把矛头指向了木户真理。如果说犯人另有其人，一般来说就会安心了吧。听到他人被传唤，期待自己可以逃脱罪行。可是你却在那个时间点自首了，为什么呢？难道某篇报道说你有代替女儿来自首的决定吗？"

"和女儿……没有关系。"

"不要浪费时间了，你的演技已经对我没用了。你女儿杀了她的父亲，所以你想守护你的女儿。"

"不是。"

"那请你再一次在这里清楚地说出来，杀了内岛先生的是自己，和女儿没有关系。"

"我……杀了人，和女儿……没有关系。"

"你在抑制安慰行为,包括在声音里注入感情,确实是有获得最佳女主角奖相称的演技呢。但是要我说的话,你归根结底只是限定在四方画面里的名演员哦。"

纱江子一抬头,和女刑警严厉的眼神撞在一起。仿佛一切都被看穿一样,她的背上汗毛倒立。

"上半身的演技是完美的,但是……从你的下半身能看出你在说谎。看来,女演员还是对不怎么出现在镜头里的部分的演技训练不足啊。你在说'我杀了人'的时候,双脚交叉建立了防备我的心理屏障……"

纱江子迅速把交叉的双脚打开,但意识到这个动作正好说明了楯冈所说的话正中靶心,又想把双脚交叉起来。可是认为那也不自然,最终还是就这么打开着。

楯冈缓和了脸色。

"放弃吧。代替杀了人的女儿自首什么的,你倾注爱情的方式错了啊。"

"那么什么……什么才是正确的爱情呢?"

说完之后才意识到,已经迟了。

纱江子趴在桌子上号啕大哭起来。

7

案发当晚。

第四话　谁是有名的演员？

纱江子下班回家后，女儿沙贵在客厅里吃着外卖比萨。

"尽吃这些对身体不好的东西。"

纱江子用母亲的口吻说着话，同时又觉得内疚。只给初中二年级的女儿现金，让她一个人吃饭，自己也是一个不称职的母亲啊。

纱江子生完小孩后只休息了半年，就马上又投身演艺事业了。因为电影的外景拍摄，好几个月不回家的事也经常发生，让女儿一直很寂寞。

"你爸呢？"

"不知道啊，他那种人。"

"别这么说。"

不知道从什么时候开始，女儿变得讨厌父亲了。也有可能是因为到了青春期所以有些叛逆，但是父亲到处散布的丑闻对她影响更大吧。肯定也有从小开始，就因为父亲的缘故被欺负的怨恨。

"不知道今天会不会回来呢？"

只有在不正常的家庭里，才会听到这句委婉的话。但是，纱江子已然不想掩饰发言，她已经习惯这种异常状况了。

"那家伙肯定又在那个女人那里呢！"

躺在沙发上玩手机的女儿，像是被拉扯一样抬起头，满是痘印的脸因愤怒而变得通红。

"你说哪个女人……"

纱江子想在女儿面前装傻，其实说的是谁心里立马就明白了。

木户真理。三个月前，那个和丈夫的合影照片被刊登在周刊杂志上的女人。她和至今为止丈夫的出轨对象相比要年轻多了,和女儿只相差了六岁。到底还是吃了一惊,不过没有责备什么。可以理解为,丈夫的丑闻对丈夫本身主演的电影和纱江子主演的电视剧是一种宣传。

她已经不再关心丈夫和谁在一起了,但还是担心会给初中生的女儿带来不好的影响。对还处于对性概念朦胧、纯洁的女儿来说,奔放的父亲是绝对无法原谅的。

"妈,你说什么呢?那个女人肯定是木户真理呀。"

"不会的,你父亲也吃过苦头了。"

一边想着那是不可能的,一边露出云淡风轻的笑容。

"不,肯定是那样的。因为那家伙早就应该下班了。"

"拍摄也有可能没按照计划进行……"

"我给经理打电话问了所以不会错的,现场已经结束拍摄了。"

纱江子明白女儿对父亲的感情是复杂的,既厌恶又不能完全无视,有时还要监视他的动向。恐怕沙贵无法忘记小时候父亲陪她玩耍时的记忆吧。一边厌恶着,又一边羡慕着,祈祷他能够变成让自己尊敬的父亲。证据就是女儿胸口闪闪发光的蒂芙尼 Open Heart。

"可能是在哪里喝酒吧?"

纱江子想要结束这个话题,可是女儿不放弃。随着样貌开始出现女人的第二特征,可能也开始培养出女人的第六感了。

"绝对是在那个女人那里,呐,看这个。"

沙贵把智能手机的画面对着纱江子。

打开的是木户真理的博客,博文的标题是"生日"。

"今天是木户真理的生日。所以,那家伙一定是和木户在一起。"

"没那回事……"

尽管心里认为可能真是那样,嘴上却仍想要否定。可是,女儿没等母亲说完就拿起帆布包站了起来。

就那样通过走廊,走向门口。

"等等,都这个时间了,你要去哪里啊?"

"那个女人的公寓。不用担心,骑自行车去花不了多少时间,我马上回来。"

"等一下,沙贵,我叫你等一下……"

走出走廊的纱江子想要叫住沙贵,但大门已经关上了。

纱江子马上给丈夫打了电话,在哪里干什么都无所谓,只是丈夫和其他女人在一起的事情不想被女儿看到。

"沙贵那家伙,在搞什么。知道了……马上回去。"

纱江子挂了电话,放下心来,这样女儿和丈夫就不会意外碰面了。

但是一个小时后回到家的女儿有点异常,母亲问她"怎么了"也没有反应,一副精神恍惚的样子走过走廊,回到自己的房间锁上了门。

那天晚上丈夫没有回家。第二天早上,警察打来了电话,说丈夫被人杀害了。

难道,你……

纱江子追问了女儿好几次。但是,女儿只是重复不知道,不记得了。

不记得了——不可能有这种事。仅仅是一两天前发生的事……纱

江子无法理解。但仔细一想，以前总是埋头工作，其实自己一点也不了解女儿。

根据电视上报道，犯人的长相一点点变得清楚起来。

目击者证言，那是身高不到一米六的小巧的女性，恐怕不是木户真理。

还有蒂芙尼的 Open Heart。

所有的情报，都指向了女儿。

8

绘麻打开审讯室的门，走向等在桌边的木户真理。

"你好，又见面了。"

一边挪着椅子一边微笑着，真理像洋娃娃一样的脸歪曲了。

"不是想见，是你叫我来的吧。"

"嗨，别那么不高兴。局里也有很多你的粉丝呀，那边的西野就是你的大粉丝呢。"

绘麻拧着身体用下巴指着西野。西野一边挠着头一边不好意思地点点头，露出一副色眯眯的样子，一脸的吊儿郎当。

用锐利的眼神提醒后辈巡警注意自己的身份后，绘麻转过身面对真理。

"在你和内岛先生被偷拍的时候，这家伙嚷着什么'我的真理啊'闹腾了半天，喝了很多酒宿醉了三天。本来就不中用，变得基本没用了。"

绘麻苦笑一下，真理也跟着浅浅一笑。

"但是……这次估计醉三天都不顶用吧。不是和男人在一起的时候被偷拍，而是大丑闻……因为人气爆棚的年轻女演员杀了人。"

真理眼睛睁得很大，没有说话。

"真是的……把简单的案件给我搞得这么复杂。果然，杀了内岛贵弘的是你吧？"

绘麻粗暴地抓着头发，表情阴郁。

"我以为你想说什么，我杀了人什么的……就这？"

绘麻对一边做着摸喉咙的安慰行为，一边情绪激昂的真理伸出手掌。

"好啦好啦，请听我说。如果错了的话，我接受你的反驳，不过……"

说到这，绘麻把手肘撑到桌上，两手做出"尖塔式手势"，展露出自信。

"想必是不会有的。"

绘麻会心一笑，开始说了起来。

"那天你非常生气，因为赶过去给你庆祝生日的受害人还不到一个小时就要离开公寓。为什么受害人突然想要回家呢……因为他妻子打来了电话。妻子并不是责备他出轨，只是不想让女儿看到丈夫的出轨现场。但是你无法接受那样的理由，因此追了出去。出了公寓后还追在他后面的你，表现出一副哭喊的样子。他也好你也好都是公众人物，所以受害人有些焦躁地想要安慰你，就带你去了附近没什么人的公园。然后你们在那里发生了争吵。"

说到这绘麻呼地喘了一口气，视线下移，然后眼睛朝上盯着真理。

"然后在你们吵架的时候，前往你公寓的受害人的女儿沙贵小姐恰巧路过。沙贵小姐看到了母亲，不，双亲都不想让她看到的出轨现场……怎么样，我说错了吗？"

"完全错了。"

否定之前的一瞬间有点头的微动作，这就对了。

绘麻继续。

"沙贵小姐受了打击想要离开，受害人刚要去追就被你阻止了。把自己和沙贵小姐放在天平上，他选择的却是沙贵小姐，于是你被愤怒冲昏了头脑，用散落在附近的石头击打了受害人的后脑部。而且在断气之前，还多次连续击打。"

真理的眼皮痉挛着，内心一阵动摇。

"沙贵小姐看到了那一幕。虽然目击者在电视采访中说得模棱两可，但其实看到的还算清楚。本来沙贵小姐在前往你公寓的途中就看到了你，所以不可能出错。但是，警察没有立即传唤你。从案件发生到传唤经过了三天，你肯定觉得不可思议。想着，明明脸被看得很清楚，为什么自己没有被立刻怀疑呢？难道沙贵小姐因为什么情况而不能向警察做出目击证言吗？还是……因受到过度打击而陷入短暂性记忆障碍了？你在电影里演护士的时候为了塑造角色去做了护士实习生，大概在那个时候，你就知道了压力性短暂记忆障碍这个病了吧？"

真理缩起下巴，想远离眼前的女刑警，哪怕只是一点点也好。但在仅仅有三叠大小的空间里，不存在逃跑的地方。

"因此，掌握决定性证据的目击者消失了。但是案发当晚，下班回家途中经过现场附近的上班族看到了你。"

"那个人看到的应该不是我……"

"不，大概……我认为就是你没错。"

"可是，身高……"

"是，根据目击者的证言，从现场离去的是身高不足一米六的小巧女性。你的身高是一米六，和目击证言不一样。但是经调查，那名女性目击者是在丸之内的一流贸易公司上班，而且是管理职位。"

"那，有什么关系吗？"

"有很大关系。"

绘麻吐出舌头，耸耸肩。

"某个实验中，把同一个人分别以'学生'和'教授'的身份介绍给两组人，让他们目测身高，被介绍为'学生'的那一组的答案是平均身高一米七，被介绍为'教授'的那一组的答案是平均身高一米八四。人的记忆和印象是不可靠的呢，人们会高估比自己地位高的人的身高，低估比自己地位低的人的身高。也就是说，在丸之内一流贸易公司做管理职位的优秀女性，比较容易低估对方的身高。"

真理有一瞬间的皱眉，随即消失。但是绘麻完全捕捉到了那个微动作。

"警察通过严密的调查一步一步追查犯人，你被传唤只是时间的问题。因此你打算利用媒体赌一把，如果成功的话，你不仅能逃脱罪行，也许还能毁掉你讨厌的城之内纱江子的人生，这是关系到一生的赌博啊。纱江子的女儿回家后就完全丧失了前往你公寓那部分的记忆，即使母亲追问，也只是重复不记得了。不难想象纱江子会变得疑神疑鬼吧，自己的女儿竟和一米六以下的小巧女性的证言完全一致。这时候你行动了，你在接受电视台的独家采访时说犯人戴着蒂芙尼的Open Heart。你这么说并不是为了证明自己无罪，而是在给城之内纱江子传递信息……'杀了你丈夫的，是你的女儿哟'。于是，纱江子便真的以为女儿杀了人，为了包庇女儿来自首了。"

真理原本红润的脸变得惨白，失去了血色。呼吸变得急促，胸口起伏不定。

"沙贵小姐为什么会陷入压力性短暂记忆障碍呢？我觉得不仅仅是因为看到父亲的出轨现场。当时沙贵小姐应该已经做好了心理准备，所以就算是遭遇了那样的场面，也应该不至于震惊到失去记忆的程度。沙贵小姐受到了预想之外的更大的打击，大概是受害人被你……"

"父亲。"真理的哭声响彻审讯室，"她正好听到……我这么叫那个人。"

"是吗……果然是你……"

真理紧紧地握住绘麻盯着的项链。

"是的。我是那个人的……内岛贵弘的私生女。"

搜查总部派了调查员到曾经和受害人有过关系的女性那里进行了调查，结果发现除了沙贵和真理以外没有其他人收到过蒂芙尼的

Open Heart。

"作案动机不是痴情的纠缠,而是父女间爱情的交错。沙贵小姐不是看到了父亲的出轨现场,而是因知道父亲有私生女的事受到强烈的打击,陷入了短暂性记忆障碍。不想承认现实,以至于丧失掉那部分记忆。"

"我不憎恨父亲,也没有打算破坏他的家庭。但是唯独我的生日……"真理用双手掩着脸,"我希望,他只是我一个人的父亲……"

9

"但是,没想到那个真理有那样的过去……"

碰完杯一口气喝了半杯啤酒后,西野难过地叹了一口气。

"谁都会有痛苦的过去和一两个秘密哟……除了你以外。"

两个人坐在新桥的小酒馆吧台前。

"说什么呢,楯冈前辈。我也是……"

西野好像完全没有想出来自己想说的话,结果把抿着的嘴就那样放在了酒杯上。

"楯冈前辈,怎么感觉你今天比平时……"

"更加漂亮?"

"不是,更加不粗鲁?"

注意到楯冈生气的西野,假惺惺地加上一句'啊,你什么时候都漂亮'。

"没有吧……只是……"

绘麻吓了一跳,用食指轻轻地敲着桌面,差点说漏嘴。

"只是什么?"

"没什么。"

西野一脸难以接受的样子歪着嘴唇,也不可能看破绘麻的安慰行为。他面向柜台,举起酒杯。

"娱乐圈还真是一个恐怖的地方啊……宛如阎魔殿。"

"警察不也一样吗?"

"是吗?但是真理是死去的内岛贵弘的私生女吧。而且那个城之内纱江竟然整过容,怪不得这么漂亮。"

西野一边折着手指关节,一边反复回忆。

我杀了人。我没有杀人。

不管说哪句话都看不到安慰行为。

城之内纱江子,也就是内岛纱江子,因多次整容而变得不能控制面部肌肉,面部的微表情也消失了。再加上反复练习演技,所以她能够抑制上半身的安慰行为。绘麻只能通过下半身的安慰行为来进行判断,所以她中途站起来,从背靠墙的位置观察下半身。

"女人还真是恐怖啊。"

西野感受颇深地小声嘟囔着,绘麻啪的一巴掌拍在他后脑勺上。

"干……干什么呀楯冈前辈。"

"别用什么都知道一样的口气说话,这是对死者的不敬,这次的案件都是因为内岛贵弘太渣了。"

"那个嘛……是吧，虽然确实是那样。"

"不管是什么理由，杀人也不能被正当化，犯了罪就必须赎罪。不过，这次我有一点同情真理。"

绘麻一边左右摇晃着沉重的脑袋，一边盯着酒杯中冒起的气泡。

逮捕木户真理后，绘麻在视频网站上看了几个内岛贵弘的视频。不是演出作品，是采访和舞台贺词之类的视频。

作品中的女儿真是太可爱了。

我也有一个女儿。

这次的角色设定和现实中的我一样，都有一个读初中的女儿。

在回答围绕电影和戏剧内容的私人问题的内岛身上，看不到一点安慰行为。即使是在知道他有私生女这个事实后都看不穿，真是演技非凡。

"内岛的演技是天才级别的……"

自己的存在就那样被抹去，更不用说他还在自己眼前向另一个女儿显摆身为父亲的骄傲，真理萌生杀意也是无可奈何的事。

"是吗？我倒是觉得内岛在哪部电影里看起来都一样，被评为演技是一个调子的演员哟。"

西野扯着怎么也咬不断的鱿鱼干，做出一副意外的表情。

"所以他才是天才呀，有意识地表演时是一个调子，但是在私下却能够无意识地展现出完美演技。"

"哦，是那样啊。可是如果是那样的话，不管多有才也不适合当演员啊，因为一旦意识到自己要演戏就反而演不出来了。"

"也许吧。"

绘麻翘着嘴，歪着头。

"但是……对追求女性起到了作用呢。"

"为什么这么说？"

"不是说有反差的人更受女生欢迎吗？"

"啊，确实经常听到那样的话。之前流行的'傲娇'这个词也是那样吧。说的是在外人面前会端起架子，两个人在一起的时候就娇羞地撒起娇来……"

"哎呀，西野，你很难得地打了一个很恰当的比喻啊。"

嘿嘿嘿，挠着后脑勺傻笑的西野马上噘起了嘴。

"难得……这个词就有点多余了吧。"

好啦好啦，绘麻用手粗鲁地来回抚摸着后辈的头，说道："心理学上已经证明了反差会吸引人，你听没听过增益效应和损失效应这两个词？"

"那是什么？"

"比如，女人看到相貌较差的男人待人温柔体贴时，产生的好感度会比一般人做同样的事情更高。这样的事没有吗？"

"金发的不良少年在路边帮助老奶奶拿行李什么的吗？"

"嗯嗯，的确如此。给人的第一印象比较差的人，稍微做一点好事就能提高评价。因为最开始的评价很低，所以后来必然会加分，这就是增益效应。"

"原来如此。"嘴巴张大的西野一脸笑意地面向绘麻,"增益和损失,加法和减法,所以损失效应就是减法评价吧。比如,一个看似非常温和的好青年在电车上不给站在自己面前的老人让座什么的。"

绘麻竖起食指,一副老师为学生的成长感到高兴的模样。

"刚刚的比喻非常精彩。明明别人也可以让座,但是大家对他的第一印象太好,以至于后来会降低评价。"

"我明白了。大家一开始都以为内岛是渣男,和他初次见面的女演员对他评价都很低,所以后来就变成了加法评价。"

"那时候他无意识地用天才演技展现出自己是优秀的家庭一员……"

"因为增益效应,内岛的评价会变高,女性就开始对他产生好感。"

"是的,你做得很棒。"

西野的脑袋被砰砰敲打着一脸愉快,忽然就忧郁地叹了口气。

"怎么了?突然。"

"没有,听了你刚才说的,那第一印象差不是更有好处吗?"

"从侧面来说确实是那样,因为人物评价是比较模糊的东西。但是商务洽谈和就职面试之类的情况,好的第一印象更有利吧……"

绘麻用食指紧贴嘴唇,望向虚空。

然后,问了不知为何垂头丧气的西野。

"所以,怎么了?"

"我弄明白了我和楯冈前辈找不到恋人的理由。我们……给人的第一印象太好了，无论如何都会从异性那里得到减法评价。"

"话还没有说完，绘麻就捏住了西野的嘴唇。

"哪个嘴巴在说那种事情，干吗把我和你归为'我们'呀？"

"疼疼疼疼……疼，楯冈前辈。"

脸被上下摇动着，西野的脸都歪了。

"笨蛋也该休息休息了吧？"

绘麻从眼眶里浮现出泪水，从摸着嘴唇的巡警后辈身上移开视线，托着腮帮。试着把啤酒含在嘴里，很苦。

"果然，楯冈前辈今天很粗鲁啊！"

"别这么说……来，这个给你。"

绘麻把吃剩的碟子滑向西野。

"银杏也不吃吗？"

"想吃的话还是能吃的，只是气味难闻。"

"比起被那样说的人吃，还不如被那些高兴地说你美味的人吃更幸福啊。"

西野对着抓起来的银杏说道，然后放入了口中。

绘麻在吧台下面偷偷地看了看手机。小平山警署的山下还没有打来电话，调查情况好像没有进展。

从案件发生到如今已经过去了十五年，不可能找到新的证据了，绘麻本该明白。也许犯人就这样逍遥法外，迎来了案件的时效。即使这样，和冷静的自己隔着理性的一条河的另一个自己，仍然抱着一缕希望。不那么做就不是我了。

第四话　谁是有名的演员？

为了什么学的心理学呢？

为了追查犯人。

因为十五年前小平市女老师被奸杀案件的犯人还没有抓到。因为想清算过去。

逮捕那个男人。

那个时候，在隔着一扇门的房间里监禁着的受害人，用凉爽的表情露出微笑的，那个男人。

"对了，是不是剃个光头，留长胡须，露出可怕的神色比较好？为了能得到加法评价的话。"

西野无视绘麻的忧郁，悠闲地扭着脖子。

"感觉还不错，顺便把眉毛也剃了穿上花哨的衬衫，搭上紫色的西服再配个白色漆皮靴子什么的，完美。"

"这样的话不就成了街上的不良少年了吗？倒是帮我认真想想呀。"

绘麻没有听他说话的心情，选择无视，举起酒杯一饮而尽。

模糊的视野中映着过去。

我，终于有家人了啊……

裕子一边说，一边疼爱地抚摸着自己的肚子，刺骨的寒风吹红了她的脸。

我能成为一个好母亲吗？

对混杂着不安和期待的喃喃自语，那个时候绘麻是这样回答的：

"能,一定能。"

但是没有。她没有成为母亲就离开了,她的孩子连哭声都没喊出来就没了气息。

谢谢,她笑到。母亲般包容、坚强的微笑,让绘麻每次回忆起都很扎心。

对了,这个星期五来我家吗?马上就是圣诞节了……我也想见见他。

那个时候,如果没有答应那个邀请就好了,绘麻也曾这么想过。

不,错了。该后悔的不是拜访裕子的家。

后悔的是和犯人面对面交流,却没能从他的行为中看破真相。

"楯冈前辈……怎么了?没事吧?"

一阵强烈的自我厌恶袭来,绘麻抓着手腕,对西野的话充耳不闻。

那一天,那个晚上,一切都变了。

本应该活下来的。一定,能活下来的。

在蜂拥而至的后悔洪流中,绘麻闭上眼,紧紧地抿着嘴唇。

都怪我。

是我害死了她——

SILENT VOICE

第五话　漂亮的玫瑰全身是刺

1

"辛苦了。"

西野举起酒杯。喉结夸张地上下动着,等豪迈地倾斜过来的酒杯回到垂直时,里面已经空了。

"老板,再来一杯。"

他右手举起酒杯,左手拿起烤鸡肉串往嘴里送。

"你……简直是台美国车啊。"

楯冈绘麻一边把酒杯放在柜台上,一边向巡警后辈投去冷淡的眼神。

"少见啊,楯冈前辈竟然会夸奖我。"

西野从口中拔出竹签,笑脸上没有任何烦恼。

"并不是夸奖你哟。我是想说又大又耗油,还跑不动。"

"但是至少看起来很帅。"

"真服了,你去看一次心理医生吧,病态的积极思考也许会带来什么疾病哟。"

"同样是病态的话,比起消极来说积极要好些吧。"

二人坐在新桥小酒馆的吧台前。这是庆祝嫌疑人全部招供的庆功会。

"这次很精彩,本来轮不到我们出场。"

某个公司男职员勒死了拒绝分手的出轨对象,把尸体遗弃在八王子的山上。

绘麻让原本一直坚持自己无罪的男人招供,花了不到三十分钟。

"所以为什么一直说'我们'呀,你不是什么都没做吗?"

"真是不明白呀。"

西野向绘麻的碟子伸出手,从烤鸡肉拼盘中拿出大葱鸡肉烤串,举在绘麻的眼前。

"楯冈前辈是鸡肉的话,我就是大葱。"

"我讨厌大葱。"

像是知道绘麻会反对一样,西野重重地点了点头。

"知道。但是,只有在鸡肉间夹入大葱才是大葱鸡肉烤串。没有大葱的烤鸡肉不能叫大葱鸡肉烤串。即使楯冈前辈认为不需要,大葱鸡肉烤串里大葱也是必要的。"

"我可不需要大葱。"

好像没想到绘麻会如此反对,西野歪着嘴唇无话可说。像是和大葱对话一样凝视着手边,用力地咬下串在末端的鸡肉。

"啊……"

绘麻粗暴地抓住西野手腕的时候已经晚了,从西野嘴里拿出来的只剩下光秃秃的竹签。

"干什么啊,说了不能吃鸡肉吧。"

"只有鸡肉和大葱一起吃,才是大葱鸡肉烤串。"

像是成功发泄了心中的不满一样,西野得意地用手擦了擦嘴角。

"我还没吃够呢,再点一些吧。老板,来盘蔬菜切条。"

"你变坏了呢。"

"也不知道是受了谁的影响呢。"

西野做着吹口哨的动作,对绘麻说了个"你"。

"话说,楯冈前辈和那家伙处得还好吧。"

"那家伙是谁啊?"

"那家伙就是那家伙啊。就是……上次打电话的那个人。"

好像是在说小平山警署的山下,西野似乎误认为打电话的是绘麻的恋人了。

"啊……"

绘麻正思考着怎么说明,西野一脸笑嘻嘻地抱起双手。

"又在挑对方毛病了吧。虽说是职业病,但是用高高在上的眼光看人,会和幸福渐行渐远哦。"

"高高在上的眼神?说什么呢,你才和幸福无缘……"

绘麻伸出手掌打断了说话。

"不好意思。"西野翻着上衣的内口袋。手机在震动,好像是来了短信。西野没有把手机放到耳边,他凝视着屏幕。

"呀,真叫人为难啊……"

西野双手紧握着手机,嘴唇噘得老长,一脸色眯眯的样子。他翘着皮鞋尖,好像很高兴,动作和表情和摇着尾巴的狗一模一样。

"就算这么说,也很为难啊……"

西野一边对着屏幕说话,一边不时地看向这边。

"什么,怎么了啊?"

"没,没什么。有点小事……"

"什么叫小事,明明做出一副想说得不得了的样子。"

"真是败给你了啊,对阎罗大人瞒不住事呀。"

西野心口不一,露出一副高兴的样子吐着舌头说道。

"香澄说现在想见我。"

短暂沉默后,绘麻大失所望。

"你真的相信陪酒女的推销短信?真拿你没办法。"

绘麻还以为是什么大事呢,手一摆教训起来。

"不是的,香澄不是陪酒女,是音乐大学的研究生,初出茅庐的钢琴家。"

"你不可能有身份那么厉害的朋友。因为比起钢琴,你长了一张和太鼓一样的脸。"

如果是往常,西野会说一些满是应酬的俏皮话,但是今天没有那样做。

"太鼓跟钢琴的对话啊……有点日西结合的感觉呀,那样也不错呢。"

身体扭扭捏捏地扭动着。

"初出茅庐的钢琴家什么的,反正肯定是谎言就是了。"

"不是谎言哦。香澄的母亲死得早,她一边照看生病的父亲一边刻苦学习,是个很努力的人"

"所以说约会的费用每次都是你出……不是吗?"

绘麻瞥了一眼西野,发现他扁着嘴唇。

"看吧,用悲伤的故事让客人买同情单什么的,就是牛郎和陪酒女的常用手段呀。"

"我说了香澄女士不是陪酒女。"

"除了夜总会,你还能在哪儿认识女人。"

绘麻淡淡地问了一句,举起酒杯喝了起来。

"相亲派对。"

啤酒差点喷了出来。

"你……"

绘麻被呛得说不出话来。

"请冷静一点,楯冈前辈。老板,来杯水。"

西野一边拍着绘麻的背,一边举起手。

喝了递过来的水后,绘麻拍了拍胸口。

"你,参加相亲派对了?"

声音还有点嘶哑。

"是啊,我和楯冈前辈也说过……哎呀,说过没有呢?"

看到歪着头的西野,绘麻回忆起来了。这么说起来确实是听说过,说是在有名的私立大学附属医院上班的学生时代的朋友邀请,去参加相亲派对试试看。

"在那儿……和香澄女士?"

第五话　漂亮的玫瑰全身是刺

绘麻的眼神里夹杂着怜悯是有理由的。

"是啊。不知怎么的她好像非常喜欢我，从一开始就很积极呢。"

看着西野非常幸福的样子，感觉更加可怜了。

"西野……"

绘麻自然而然地变成了反驳的语气。

"香澄女士知道你的真实身份吗？"

西野没有说话。表现出濒临危机的动物的行动三阶段里的第一个F，freeze——僵直。正如猜想的一样。

"她之所以积极，是因为以为你是医生吧？"

西野参加的相亲活动对男方有严格的审查标准，只有社会地位和收入等满足条件的人才能参加。其中能混入一个刑警，是因为他的朋友在介绍时谎称西野是他的医生同事。

"我迟早会说出真相。"说完，西野抬起头，"我觉得香澄女士是会接受的，因为她对我说过'即使你不是医生我也会和你搭话'。"

"那个……参加活动的即使不是医生也是律师和公司老板什么的人吧。所以怎么抽都是中奖，她说的话和你理解的意思不太一样哦。"

"一开始我也是那么想的……但是，她说过即使我不能继续做医生了，也愿意一直跟着我。"

"那是因为相信你是医生，认为你不可能辞去医生这个职务所以才那么说的吧。但你从一开始就不是医生，立场完全不同。"

"没有的事，楯冈前辈不了解她……"

"不用了解也知道。"

西野的身体倾斜远离绘麻,脚尖朝向相反的方向。第二个F,flight——逃跑。

"你呀,冷静一下吧。一边照顾生病的父亲,一边攻读研究生的女生为什么会参加收取高额费用的相亲活动呢?比起男士,女士的参加费用更高,因为男性参加者好像更受欢迎哦,我记得你这么说过吧。以男人的金钱和地位为目标而聚集的女人,不是你能应付的对手。不是说坏话,是叫你别陷入太深了。"

放在肩膀上的手被拍落。

"为什么楯冈前辈总想挑别人的毛病,难怪结不了婚。"

第三个F,fight——战斗。西野虽然生气,但好歹憋住了怒火。

"我结不结婚和这件事没有关系吧?"

"不要因为自己的恋爱进展得不顺利,就拖别人的后腿。"

"你说什么呢?我明明是关心你。"

"不用关心也没关系,我又不是小孩子了。"

"因为心醉神迷而无法客观评价情况,比小孩更不懂事。"

"我才不想被总是谈不长久恋爱的人教导。"

"你说什么?好吧,你被假冒的占卜师骗的时候我就看出来你太容易相信别人了,太靠不住了,真是看不下去。说什么人们乐于相信自己想相信的事情,恺撒也……"

"我可不记得有哪位足球运动员说过这句话!"

"恺撒不是足球运动员!你大学都学什么了,这里是指公元前罗马的那位恺撒大帝。"

"随便好了。楯冈前辈作为刑警确实有才,我也很尊敬你,但是我并不想变成和楯冈前辈一样的人。我愿意相信人,想要怀着一颗相信的心而活。"

不知不觉二人都站了起来,互相盯着对方。

不一会儿西野一脸不愉快地把脸移开了,背对着绘麻走了出去。

"等等,你去哪儿呀。"

"回家,今晚好像喝不到美酒了。"

"哎呀是吗,随便你吧。正好香澄小姐说想要见面,那你就去见她好了。她肯定会温柔安慰你的,只要认为你还有钱。"

推拉门被打开,啪的一声又关上了。

绘麻坐回吧台前,一口气喝完啤酒。

"再也不想看见你那张脸了。"

把空酒杯敲在柜台上的同时,长长地叹了一口气。

2

坐在审讯室办公桌前,绘麻皱起了一脸后悔的痛苦表情。

谷田部香澄在面前不安地缩着双肩。二十九岁,白色的圣罗兰[1]七分长连衣裙配黑色的开襟毛衣,长度到后背的光泽亮丽的黑发用发

---

[1] Yves Saint laurent,中文简称圣罗兰。是法国著名奢侈品牌,由伊夫圣罗兰先生创立,主要经营时装、美妆产品、香水、包具、眼镜、配饰等。——译者注

箍扎起来。确实散发出以成为钢琴家为目标的音乐学院学生的优雅气质，说她是苦学生完全没有说服力。

西野那个笨蛋，没钱的人怎么可能平常就穿圣罗兰呢。

绘麻稍微瞥了一眼背后，映入眼帘的是和平常不一样的肩宽更小的人。这次的陪审员是搜查一科的同事，一个叫森永的刑警，和西野是一届的。

"谷田部……香澄小姐是吧？"

绘麻把手叠放在桌子上。

香澄仿佛想起了什么似的，原本模糊的瞳孔聚焦在一起，上下晃动。

"嗯，是的。"

"我是搜查一科的楯冈。被带到这里来的理由，你自己清楚吧？"

如果是平常的话，绘麻会用亲密的态度和审讯对象拉近心理距离，但现在怎么也做不到强颜欢笑。

"是的，从去我家的刑警那里听说了。据说是我……"

"有婚姻诈骗的嫌疑。"

如果采取强势的态度，对方会紧闭心门。绘麻虽然明白，但不知不觉间声音就变低沉了。

"你认识一个叫山田次雄的男人吧"

"嗯，认识，我们交往过。"

"交往过？说得真好听，你对在相亲网站上认识的山田先生以婚姻为诱饵，持续地向他索要钱财，骗取的钱财合计高达一千三百万日元。"

"他是那样说的吗……"

"是啊。"

实际上是警察——更加确切地说是绘麻说服山田,半强迫性地让他报了案。

"是吗……竟然被那样认为。"

香澄悲伤地低下头,没有安慰行为。只是她沉浸在悲伤中的样子,总让人感到空洞,仿佛是演出来的。但绘麻找不到证据,因为采样不足。

香澄抬起头,直直地盯着绘麻的眼睛。

"是误会,我有认真地考虑过和他的未来。"

诉苦的眼神中,寄宿着真挚的光芒。

"那么,西野成了什么呢?你一边和山田先生认真地交往着,一边参加相亲活动,对在那认识的西野也说会一直跟着他这样的话。这又是怎么回事呢?"

绘麻用尖锐的眼神追究着,得到的是一个令人惊讶的答案。

"我也有认真考虑和西野先生的未来。"

"那是什么意思?山田先生也好西野先生也好,你都有认真地考虑过和他们的未来?"

"我知道法律上不允许。"

香澄低下视线,把手放在胸前。

"因为他们俩都是很棒的男人……我是个很过分的女人吧。"

香澄眼眶湿润了,最后声音都颤抖了起来。

"说过分确实是过分，但是未婚男女脚踩两只船的事还是很常见的，只是那样的话也不构成犯罪。问题是，你以结婚为诱饵从几个男人那里骗取了钱……然后接二连三地把利用完的男人给杀害了。"

警方了解到，这几年在香澄身边发生了四起男人非正常死亡案件。以欺诈罪传唤只是为了调查连续杀人案件的借口——换而言之就是另案逮捕。

"三年前的八月，住在千叶县的公司职员小板雄三先生煤气中毒死亡；次年二月，崎玉县的公司职员齐藤明文先生上吊身亡；两个月后在神奈川县，公司职员佐佐木义雄先生从大楼的楼顶跳了下去；去年五月，东京街田市的村山和己医生在汽车里吸入过量尾气致死。这些男人一个接一个的自杀……不，变成自杀。不管哪个，都是和你交往过的男人吧。"

根据调查资料，街田市的男人在死亡的时候，北街田警署对香澄进行了情况调查。但是没有足够的物证去怀疑香澄，只是作为知情人做了情况调查，后来当作单纯的自杀事件处理了。

"你说变成自杀……难道不是自杀吗？"

香澄瞪大眼睛，但是就大脑边缘系统的反射而言反应慢了。她并不是真的吃惊，明显是装作吃惊的样子。

没错，这个女人已经杀了四个人。

"不是自杀……对吧？"

绘麻一边抬眼询问，一边为了不错过微动作紧绷全身神经。

"是……那样吗？我还以为一定是自杀。"

香澄的表情果然有种虚假的味道，但是没有做出能断定为安慰行为的动作。

不，不是没有，是没发现。

绘麻一边做着咬嘴唇的安慰行为，一边对没有按平常的步骤来而感到后悔。虽说如此，但她不认为自己能亲切地对待香澄，也不想这么做。看来，只能在接下来的审讯过程中完成采样了。

"和你交往后丢掉性命的四个男人，要么是没有家人，要么就是和家人比较疏远。都是些不太擅长交际的男人吧……向职场的同事打听时，貌似也没有关系好的朋友，没有了解他们私生活的人，所以没有明确的自杀动机。"

然而，并不是所有和香澄交往过的男人都丧命于非正常死亡。死亡与否，恐怕在于对方的身边是否有对死因产生怀疑的存在。

"我们调查了你的银行账户，发现你明明没有好好工作但是存了很多钱呀。"

如果能找到男人们的汇款记录就好了，不过好像是香澄拿着他们给的现金自己存进户头的，没有发现从其他账户打来的汇款。

"你穿着高级品牌的服装，住着代官山车站附近的豪华公寓。而且从你的博客来看，好像是每天都出入各种高级餐馆吧。一边照顾生病的父亲一边又是以钢琴师为目标的音乐学院研究生什么的，我听到后都惊呆了。你这大风刮来的钱，都是男人们撒的吧。"

香澄一脸呆滞。第一个F，Freeze——僵直吗？不，不是。脸上的肌肉还是舒缓的，没有表现出危机感。

在绘麻仅用了五分之一秒作出判断,香澄的眼睛变得有神起来。

"我确实是有用男人给的钱维持生活,但是我从一开始就和交往对象说过,支援我的生活是交往的前提。"

"那并不是你所说的维持生活的金额吧"

"我认为金钱感是因人而异的……对于和我交往的男人们来说,那并不算什么吧,我也没有强迫他们给我钱。"

"确实,你没有做过威胁男方的事。但是你巧妙地运用心理学话术,让男方无法拒绝。"

"你说的话,我不是很明白……"

眼睛盯着茫然不解歪着头的香澄,绘麻翻开手边的调查资料。

"这是被骗的山田次雄先生的笔录,我给你读一部分听啊。最开始你要求山田先生对你进行经济上的支持,是在麻布一家意大利餐厅吃饭的时候。你哭着说你的父亲患了重病,筹不到治疗费。这样下去连研究生也读不成了,钢琴家的梦想也只有放弃了。对你的遭遇感到同情的山田先生问你需要多少钱,你做了确认,反问他是要帮忙出父亲的治疗费吗?山田先生答道:'从年轻的时候就存了一些钱,我会尽我所能。'后来你才告知他所需金额,说是……二百五十万,没错吧。"

"是那样的,没错。"

没有发现安慰行为。

"你在对话中运用了低球技术,是心理学实验证明的谈话技巧。即先提出一个小的要求,对方接受这个小的要求后,随即提出一个较大的要求,这要比直接提出较大的要求更易为人们所接受。美国的心理学家罗伯特·B. 西奥迪尼做了实验，他对学生们说'希望早上七点来实验室帮忙做实验'，但答应的人数仅占百分之三十一。若首先仅说'希望来实验室帮忙做实验'，得到学生们的承诺后，再传达'早上七点集合'这个不利点的话，答应的学生竟达到了百分之五十六。人会对自己的决定负责。你在得到山田先生会出钱的承诺后，才告知他所需金额，所以即使山田先生被巨大的金额吓到，也无法拒绝。"

"是那样吗……我无意识的言行，没想到让他为难了。"

动不动就低头的香澄伴装不知地摇摇头，但却瞒不过绘麻，因为她的眼眸完全没有晃动。抱着悲伤或者后悔等感情的时候，一般情况下黑眼珠部分会变得飘忽不定。绘麻扎实地积累着采样。

"别急，还有呢。有一次你向山田先生要钱，说你的叔父有赌博恶习，暗中把你和父亲居住的房子抵押了。下周前不还清两千万贷款的话，房子就会被扣押，所以希望得到他的帮助。山田先生说那么大的金额一下子也拿不出来，你当场就给债权人打了电话。然后挂了电话说，只要准备五百万就能拿回抵押的房子。山田先生觉得五百万的话想想办法还是拿得出手的，于是第二天去银行解除了定期存款……你一开始故意提出无理的要求，之后通过降低难度获得承诺。心理学家西奥迪尼把这个称作留面子技巧。"

"是吗……我是一个很过分的女人呢……"

香澄悄然垂下肩，叹了口气。

绘麻在不知不觉间向前倾，然后把身体靠在椅背上。如果不扩宽视野去观察，会错过安慰行为。

"你以结婚为诱饵,向男性骗取钱财。然后将失去一切,没有利用价值的男人一个接地一个杀害了,还伪装成是自杀的样子。"

"那样的事情……"

香澄悲伤地皱起眉头。

在哪,看破谎言的关键在哪里。

"你不是以成为钢琴家为目标的研究生,我去你读的音乐学院咨询过了,对方回答没有你这个学生。为了成为没有家人、朋友,不善于交际的孤独男性眼中高不可攀的存在,你伪造了身份。"

"确实……我不是音乐学院的学生。为了让喜欢的对方看到更好的自己,不知不觉就说了谎……"

还没有发现,无法辨别安慰行为。

"如果真是那样,面对多个男性,却把自己伪装成一样的人不奇怪吗?"

"那……可能是因为我扮演的是心中憧憬的那个自己。"

"想成为钢琴家吗?"

"是的,我以前确实是上过音乐学院。但是,后来母亲去世,父亲的病也变得严重,就不得不退学了……"

低着头的香澄双肩开始轻微地颤抖。

那一瞬间,灵光一闪。

绘麻松开叠放的双手,换成十指指尖相触的"尖塔式手势"。

"一派胡言,你的双亲不是在秋田县健康地活着吗?"

这是通过调查已经确定的事实，并不是绘麻看破了谎言。

但是，绘麻通过观察香澄叙述了与事实明显不一致的口供，抓住了她说谎时候的习惯——安慰行为。

"但是，唯独你憧憬钢琴家这件事是真的吧？"

刚刚说谎的时候，导致肩膀颤抖的上臂筋肉有细微的抖动。大概是因为放在膝盖上的手，做了敲打键盘的动作。

香澄从小就爱好钢琴。所以在感到不安的时候，指尖会无意识地做出敲打键盘的动作。

除此之外，现在还没有发现其他安慰行为。目前的线索仅是手臂肌肉细微的动作，还不能太放松警惕。

但是在完全结束采样之前，也没有多余的时间去浪费了。

"为什么呢？"绘麻问道。

"为什么是西野呢？西野和至今为止你所杀害的受害人，不是完全不同吗？和家人也频繁联系，朋友也不少，还是善于交际的性格，更为重要的是……没有能对你提供金钱上帮助的经济能力。但是为什么……因为西野不是医生？因为对你说了谎？所以……"

"哪有……警察来我家的时候我才知道西野先生是刑警。"

"请告诉我吧。西野……"

绘麻咬住臼齿希望粉碎不祥之兆，眼神也变得锐利起来。

"西野，在哪儿？"

3

"我怎么会知道西野在哪儿呢？"

香澄一脸不可思议地眨着眼。

"西野失踪前最后接触过的人就是你。"

绘麻一边把视线移向香澄的脸，一边把精神集中在她的上臂。

在新桥的小酒馆吵架后的第二天，西野无故缺勤了。手机像是没电了，打不通电话，前一天晚上他也没有回独居公寓。

绘麻提交了西野的失踪申请书，直接和刑事部长谈判后，半强制性地开始了调查。从西野的通话记录中发现，他和绘麻分开后就与香澄通了电话。又从一个搭载过貌似西野的出租车司机那里得到了证言，当晚西野从新桥打车前往了代官山。随后在调查中查明了香澄有开通博客，在炫富的博文下面，有几个人经常去评论。

搜寻西野的搜查员们，试着从频繁在博客留言的一部分人开始下手。

然后浮现出的人是山田次雄。他在和香澄交往的半年时间里给了她近一千三百万日元的钱，后来在花光积蓄的时候被甩了。但捡回一条命，大概是因为和母亲住在一起。

"确实我在那天晚上和西野见面了，但是我已经说过，西野马上就回去了。"

手臂的肌肉没有动。只是以此为依据去寻找真相，果然欠考虑了吗。

通常，观察安慰行为的时候需要多方面求证，不会只关注身体的一部分。因为一个人不只存在一个安慰行为的模式，有时候是摸头，有时候是眼神飘忽不定等等，人会通过做各种各样的安慰行为来消除说谎产生的心理压力。

"不可能。你知道西野在哪，是吧？"

这个时候，感觉——香澄的手臂细微地颤抖了。

"你知道西野的所在地吧？"

再确认一次看看。

"不，我不知道……"

没错。香澄在说谎的时候，会在桌子下面做着敲键盘的动作。

能行吗……

抱着一丝不安，绘麻向背后伸出右手。

"地图。"

回过头，坐在西野平常的位置上的森永眨着眼。

"地图……吗？"

大概是没有见过绘麻的审讯过程，森永好像还不太理解发生了什么，正一脸不可思议地盯着绘麻伸到眼前的手。

"脚边有个背包吧，地图在包里……"

"啊……好的。"

看到工作能力不差的森永磨磨蹭蹭的样子，绘麻才深切感觉到自己在不知不觉间已经和西野配合默契了。

拿到住宅地图，绘麻转向正面，在桌子上打开画有整个东京地区的那一页。她发现香澄在稍微抬起下巴偷看，但感受不到紧张和戒备，超出异常的沉着令人捉摸不透。

这种违和感——

绘麻盯着那像是要把灯光都吸进去一样幽暗的瞳孔。

绘麻想着必须快点找到西野，就省去了采样直接开始了审讯，因此在辨别安慰行为上遇到了困难。她一直是这么认为的。

但是，错了。香澄的大脑边缘系统的反射明显迟钝。

"莫非你……在服用什么药物吗？"

香澄的瞳孔孕育出神采，仅有五分之一秒。这本来应该是微动作的表现时间。

香澄点头。

"是的，怎么了？"

"你哪里不舒服？你服用的是医院的处方药吧？"

若她服用的是不用医生的处方单就能购买的非处方药的话，反应不会变得如此迟钝。

"嗯，因为我有抑郁症，在吃抗抑郁的药……"

原来是这么回事吗，绘麻咬着嘴唇。

抗抑郁药会作用于大脑内的神经递质，以阻碍其工作达到效果。药剂会抑制大脑边缘系统工作，所以就没有了微动作的表现。

"距你上次吃完药过多久了？"

"我是吃了早餐后吃的，大概是两个小时之前吧。"

绘麻看向手表,确认了时间。原因是抗抑郁药的话,反正血液中的浓度会迎来半排出期,那时安慰行为就会表现出来。但是抗抑郁药的半排出期会根据药品类别有很大差异,短的也要四个小时,长的则达一整天。

没时间等半排出期。

"那个……因为我吃了药,所以发生了不得了的事吗?"

香澄一脸不安地问。绘麻摇了摇头。

"不,没什么。能告诉我给你看病的医生的名字吗?"

"是港区楠木心疗诊所的楠木百合香医生。"

有点意外。把男人当玩物,又扮演自己制造出来的假象并沉醉其中,由此看来香澄患有表演型人格障碍。那种类型的人虽然擅长欺骗和笼络异性,但是却很难和同性建立起对等的信任关系。

绘麻在便条上写下那个名字,抬起头。

"那么,请告诉我西野在哪里吧。"

"不管你问多少遍,我也无法回答不知道的事情。"

"我不是问你呢,是在问你的大脑边缘系统。"

"欸?"

虽然大脑边缘系统的反应变得迟钝,但从上臂的反应来看,安慰行为也没有完全被抑制。

"拜托了,大脑边缘系统。"

绘麻以祈祷的心情说出这句话,还是第一次。

"荒川区,足立区,练马区……"

绘麻宣读着东京二十三个区的名字。

读到"江东区",香澄的上臂出现轻微痉挛。为了以防万一绘麻没有停顿,把剩下的市名全部宣读完后,从头开始把同样的事情又做了一遍。

"江东区"。

没错了。香澄的大脑边缘系统对"江东区"这个词语有反应。

"是江东区吧?"

"江东区……吗?我确实有朋友住在江东区,但和西野没有关系。"

香澄上臂的皮肤有震动,虽然大脑边缘系统的信号很弱,但还是传达着'这是谎言'。

"西野就在那儿吧,我没想从你的嘴中听到真相。"

绘麻打开江东区的那一页,这次开始宣读街道的名字。确认街道名,然后看着对方的脸把名字读出来。但是不能让对方明白关注点在上臂,所以花了比平常更多的时间。

即便如此,一个小时过后,绘麻锁定了江东区某公寓的一个房间。

"那个地方是,不是的。那里是……"

绘麻无视狼狈的香澄,在便条上写着。

接过快速写好的便条,森永一脸可疑地皱起眉。

"什么呀,这是……"

"什么什么呀,赶紧让搜查员去这里。"

夹着便条的指尖急躁地上下晃动。

"为什么……去这里？"

"别管，快点！"

绘麻强硬地把便条塞进站起身的森永手中，推了推他。森永一脸不满地回头看着，走出了审讯室。

只剩下两个人，绘麻面向了香澄。

无论如何，都有必须确认的事情。

"西野……还活着吗？"

"和刚才说的一样。我对西野现在在哪、做什么，都不知情。"

"所以我……"

"那就请你跟着我说一句话。"

绘麻转变成强硬的责备语气，香澄的双肩微微一跳。一边倾斜着身体和审讯官拉开心理距离，一边胆怯地朝上看着动起嘴唇。

"西野先生，还活着。"

那个瞬间，香澄的上臂抽动了一下。

谎话。也就是说……

4

身后响起开门的声音，绘麻转过头。

好像是注意到了审讯官的异常，一进入房间，森永就皱起眉头。

"怎么了，楯冈前辈。"

"没什么……"

"按照您说的，上头派人去了那个地址，好像也向地区管辖下达了指示。"

"是吗……谢谢！"

西野先生，还活着。

香澄说出这句话时，上臂表现出了安慰行为。也就是，那句话是谎话。

不，也不一定。因为绘麻语气强硬，甚至采取了威逼的态度，也许那只是香澄为了消除不安而做出的反应。又或许，是自己看错了。

人们只相信自己愿意相信的事物。

本应给西野的建议回到了自己这里，绘麻感到毛骨悚然。

"警官……发生什么事了吗？"

香澄一脸担心的样子探头过来。

"没有，没事……"

没事的，一定还有希望。绘麻自我振奋，收起表情。

"那个，关于刚才警官所说的地方……"

"怎么了？"

"那里确实，是我朋友住的地方。但是，和西野没有关系。"

"怎么回事……到底，是谁的家？"

"是一个叫高梨和也的人，在 IT 相关的公司上班。"

"和你的关系是？"

"以前有交往过。"

"什么……你到底同时和多少男人交往过？"

"我知道这不是什么好事,所以和他们都分手了,那样的事情我……"

香澄一脸抱歉地缩着肩膀,低下头。

"那样的事情是指?"

"不久前,我和西野先生约会的时候,突然遇见了高梨先生。高梨先生一开始就气势汹汹的,和西野互相推搡着吵了起来。"

"那是谎话吧。"

如果那是事实的话,西野就不可能那么强硬地袒护香澄了。

"不是谎话,我到现在都一直害怕他们会互相打起来……那个时候意识到自己对男性做了非常过分的事,决定和大家分手。"

"不可能。"

绘麻摇头,完全没有留神安慰行为的事。

"要怎么你才能相信我,从那以后西野先生开始怀疑我,不厌其烦地追问高梨先生的事……"

这次有好好的观察,但是香澄的上臂没有动作。

"你的目的是什么?"

绘麻降低声音,盯着香澄。

"什么目的。"

"你说那种假话的目的。"

"这不是假话,是事实。"

"就是谎话……"

说是这么说,但因为没有安慰行为作为依据,追究的矛头还不够尖锐。

"西野对你没有一点点的怀疑。"

"在你面前，或许是装作成那个样子的。"

"不是的，那家伙是打心底地相信你。"

"如果是那样就好了……但并不是那样的，是我的错。"

"你在说谎。"

"为什么你……"

香澄刚开口，像是突然注意到了什么。

"莫非，警官你也喜欢西野先生……"

绘麻没有说话，不明白自己沉默的理由。

她不明缘由地大幅度摇了摇头。

"不是，没有。我和那家伙一起工作了很长时间，比谁都了解他。"

这时，敲门声响起。

推开一点门缝，老刑警同事的脸探了进来。

"楯冈……能出来一下吗？"

老刑警反复弯曲手指催促着绘麻，不知是不是心理作用，红润的脸颊变得苍白起来，

低沉颤抖的声音也彰显出平时感受不到的霸气。

"失陪一下。"

绘麻站起来，走出审讯室。

一关上门，同事就说道："事情有些不妙。"

老刑警用力挠了挠长了很多白发的脑袋，看来发生了什么不好的

事情。

防卫机制的'代替'——经历过无数磨难的他，表现出这个举止很少见。

"我派搜查员去了你从她那里推导出来的地址，那个公寓……"

老刑警皱起眉，一副无精打采的样子，用长时间的闭眼消除不安后痛苦地挤出声音来："我们在那里发现了被刺杀的遗体。"

绘麻倒吸一口气，不知道怎么呼吸了。

5

"久等了。"

回到审讯室，绘麻拉开椅子，下巴靠在叠放的双手上，面无表情地看着香澄。

在对方嘴唇即将要动的时候说话了：

"和你说的一样，那个地方是高梨和也先生的公寓，而且在那个房间发现了高梨和也先生的尸体。"

"你说什么……为什么会变成这样？"

香澄眼眶湿润，用手捂住嘴，上臂没有微动作。

"我们在现场发现了西野的警察笔记本和钱包，凶器的水果刀上也检测出了西野的指纹。"

哐啷一声响，大概是森永惊讶地站起来看向这边吧。

"看来被设计了呀，这就是你的目的吧？"

绘麻长长地吐了一口气，揉了揉肩膀。

"怎么回事……高梨先生死了？然后，那里却有西野先生的指纹……"

"是啊，加上刚刚听你说的，西野围绕着你和受害人发生争吵的供词，搜查本部不得不把西野作为嫌疑人去追查他的行踪。那就是你的目的。"

"为什么我要做那种事情……"

"答案很简单呀，你杀了高梨先生，想让西野来顶罪。所以把西野的私人物品作为遗物留下，让我锁定现场……错了吗？"

"错了，我不会做那么可怕的事情。"

没能期待到安慰行为，就连这之前一直关注的上臂反射都是陷阱，香澄服用抗抑郁药恐怕不是偶然。在用药抑制安慰行为后，再用食指敲打大腿来诱导，故意使绘麻误解。

西野先生，还活着。

那么说的时候香澄的上臂反应，大概也是为了诱导绘麻产生动摇。

是只传达给绘麻的挑战书。

从安慰行为推导出杀人现场的事实也不会留在笔录上，什么证据也没有。若能很好地利用对话，这么做比匿名通报更安全，而且能让警察发现尸体。不管绘麻再如何主张西野是无罪的，也不能把那个证据切实地传达给其他搜查员。从情况来考虑，西野是最接近于犯人的存在，不得不去追查。

总之。

"你知道西野是刑警的事,而且也听说过我……是怎么审讯嫌疑人的。"

如果不是那样的话,用假的安慰行为来诱导搜查是不可能的。

"不是的,我之前不知道西野是刑警。"

做出否定的香澄身上没有安慰行为,上臂的反应也没了,寻找西野所在的线索完全中断了。香澄至今为止杀了四个男人——包括新发现的高梨和也的话就是五人。骗取钱财后直接分手就好了却要杀人,她恐怕是从杀人行为本身寻找快感的连环杀手。

她成功地将最初的四个人伪装成自杀,但是第五次却失败了,不管怎么努力都会陷入被怀疑的状况。

因此想让西野顶罪。在现场留下遗失物,让警察去追查西野。如果她想要的是逃亡中的嫌疑人在绝望中自杀的故事,那就不会马上对西野下手。

也就是说,西野还有活着的可能性。

但是怎样做才好,怎样做……

"警官……您怎么了?"

被香澄这么一叫,绘麻第一次意识到自己在做着想脱离现实的安慰行为。

"没什么,有点头痛……可能是睡眠不足。"

用没说服力的理由搪塞过去,绘麻抱起手,把身子靠在椅背上。

那一刻,突然映入眼帘的景象使绘麻瞳孔放大。

香澄的双腿,在脚踝附近交叉着。这是表现附属性格的坐姿,和

他人毫无共鸣，容易抱有过大自恋和过高自我评价的精神病患者来说，这是不自然的姿势。

主从关系——绘麻想到。

在美国杀了十一个人的查尔斯·斯塔克伟泽和卡瑞尔·福格，以及同样在美国杀了十二个人，同时也是电影《我们没有明天》里主人公原型的邦妮·帕克和克莱德·巴罗等连环杀手，都是以二人组合的形式进行犯罪。

香澄有共犯。

绘麻愕然地抬起头，那里有一双无垢的眼睛。

"明白了……"绘麻面对嫌疑人疯狂地笑着，"你一点都不坏，也没有婚姻诈骗。当然，也没有杀人。"

"欸……楯冈前辈在说什么呢？"

无视背后响起的森永的声音。

"你自由了。"

像是在找办法应对态度突变的女刑警，香澄用询问的眼神朝上看着。

"只是，最后有唯一一个请求。"

绘麻耸耸肩膀立起手刀，香澄稍微抽开身子，像是在戒备着一样。

"什……什么？"

"能把手伸出来吗？"

"啊……"

"实际上，我最近在学习占卜，想让你成为我的练习对象。"

第五话 漂亮的玫瑰全身是刺

"楯冈前辈,你在干什么呀?"

森永猛地从椅子上站了起来。

"怎么,你也对我有意见吗?"

绘麻一边抓着香澄伸出的双手,一边向背后冷冷地说道。

如果是西野的话就会老老实实地待着,但森永是第一次陪同绘麻审讯,他耸起肩走到了桌子旁边。

"我不认为这样做有意义。"

"本来就没什么意义。我说过吧,她没有欺诈也没有杀人。审讯已经结束了,所以这完全是我个人的请求……是吧?"

对绘麻露出的微笑,香澄僵硬地扯了扯嘴角。

"审讯还没有结束啊,你到底在干什么呢?"

"我说结束就结束了。你站在那里碍事得很,赶紧去追查嫌疑人的踪迹。"

"嫌疑人不是在这儿吗?"

森永尖锐地指着香澄。绘麻起身伸出手,把那只手拍落下来。

"干什么呢,嫌疑人是西野吧。她已经是和案件没关系的普通市民了,请你别做失礼的事。"

"开……开什么玩笑,西野不可能杀人吧?"

"开玩笑的是你吧。根据间接证据,西野一定是最可疑的存在。还是说,你完全沉浸在自己人不会犯罪的天真想法中吗?"

"你说什么!你是说西野是杀人犯吗?"

"有可能。"

"什么？！"

和森永互相盯着，绘麻内心暗笑。

人的第一印象是在初次见面后四分钟之内决定的，对一开始就表露出敌对心理的女刑警，香澄不会轻易地敞开心扉吧。

尽管如此，第一印象不好也就是说可以期待产生增益效应，只要稍微做一点点好事就能取得好感。

绘麻通过树立森永这个共同的敌人，和香澄之间建立了纽带。敌人的敌人是朋友，这是奥地利的心理学家弗里茨·海德提出的"认知平衡理论"实践过的。在此基础上加上增益效应，最开始的坏印象会快速向好感转变。本应如此。

"你这样还算是刑警吗？"

"那你这样还算刑警吗？无视实际证据，想要炮制犯人，让无辜的市民顶罪。"

"不是的！无论怎么想，嫌疑人都是这个女人。"

"不管怎么想她都会成为嫌疑人吗？在杀人现场发现了西野的私人物品，现在西野又行踪不明。而且根据她的证言，西野曾经围绕她和受害人发生过口角，一直憎恨受害人。"

森永被话给呛到了。

"想说的就只有这些吗？你的态度，我之后会好好地向部长汇报的。现在赶紧消失吧，我不能集中精神占卜了。"

"随便你，这个混蛋绘麻。"

森永骂着脏话走出了审讯室，响起粗鲁的关门声。

"哎呀，好可怕好可怕，真是讨厌呀。当刑警的人头脑顽固，一旦认定了犯人就很难改变想法。"

绘麻加上了一道表现出自己和'刑警'有一段距离的印象保险。

"没事吗？那个人，相当……生气的样子。"

香澄胆怯地看向门的方向。

"没事，就是个四肢发达头脑简单的人而已。"

绘麻抬起椅子，急急忙忙移向香澄的斜前方。持有反对意见的双方倾向于相对而坐，而通过避免完全面对面，可以实现与对方步调一致。

"好了，马上就能结束的。"

"好的。"

绘麻握着香澄的双手，通过自然的动作侵入对方的亲密接触距离，假装很亲密。

"深吸一口气……呼气……闭上眼睛，专注于呼吸……"

强忍着急躁的心情，绘麻搁置了一段时间。

"好了，可以了哦。"

香澄缓缓地睁开眼。绘麻轻声细语地说："之前我到访你家时，看到你养的狗突然怀念起往事来……你喜欢狗吗？"

"喜欢……"

"是吗？果然……"

猜中了就装作知道的样子，没猜中就当作闲聊结束话题。

这是冷读术技巧。绘麻猜中一些关于香澄的事，借此走入她的

内心。

"你……在周围的人看来是一个非常开朗且善于交际的人。与之相反,你也有着很强的戒备心,会和他人之间建起一面墙。怎么样……我说中了吗?"

"我想,是说中了。"

人很容易相信一个笼统的、一般性的人格描述,并认为它特别适合自己,准确地揭示了自己的人格特点——巴纳姆效应。

不可能猜不中。

现在开始才是关键。

"虽然只能看见一部分,你……有一个感情很深的恋爱对象吧,从前世开始就被很强很强的羁绊连接的对象。"

二人组合的连环杀手大多数是男女情侣,或者是男男组合,所以绘麻自然想到了共犯和香澄是恋爱关系。

但是就像在搜查阶段查明的一样,香澄身边的男人太多了。一个不漏地调查过去的话总能猜到共犯,但是那样太花时间了。只要西野的尸体还没有被发现,就还有活着的可能,现在必须争分夺秒。

绘麻用冷读术走入香澄的内心,切断和恋人之间坚定的羁绊。在心理控制下,使她产生自己被恋人背叛的念头,从而引出共犯的名字。

绘麻想赌一把大的。

香澄用手捂着嘴,眼睛睁得很大。

肯定吗?否定吗?

绘麻不知这是哪种感情表现,紧张到停止了呼吸,但下一瞬间便放松了。

"为什么……连这种事都知道？"

香澄这么说，是在感慨吗？她的眼眶湿润着泪花，似乎对共犯抱有强烈的感情。

"因为我感受到了你强烈的波动，他应该是个非常好的人吧？"

"是的，是个好到失去就没办法活下去的人。"

香澄瞳孔放大，眼睛闪耀着炯炯有神的光辉。是和说到西野，以及其他受害的男人时明显不同的表情。

绘麻一边压制着涌出的厌恶感，一边微笑着。

"所以你，奋不顾身地努力着，为了回应那个人的期待，害怕那个人离你而去。"

那就是在各种各样的场所物色目标的行为吧。

"是的，我最害怕的就是，让那个人失望……离我而去。"

绘麻一边扮演着体谅者一边继续观察。香澄拼命呼吸，鼻翼舒张，嘴唇颤抖，是至今为止表现出来最为真实明了的感情。

"是的……对你来说他是完美的，我非常理解你的心情。"

一边注意着不让声音和表情表现出紧张，一边迫近核心。

"所以本来……其实，不太想说这种事。"

猛然抬起头的香澄投来哀求的眼神。

"你说的这种事……到底，是怎么回事？"

"我不能说……因为他是你重要到失去就活不下去的人吧。如果知道了的话，你也许会失去活下去的勇气。"

绘麻微妙地摇了摇头,故弄玄虚,对方的反应和预想一样。

"不,请告诉我。我想知道那个人的全部"

"做好心理准备了吗?"

香澄频频点头催促着。

香澄上下耸肩,暂时低下头。长长地吸了一口气后又抬起头,声音一本正经。

"那个人……他背叛了你。"

香澄瞳孔收缩,手掌的温度也瞬间降低。目的达到。

绘麻一边确认反应一边握紧了对方的手。

"你一心一意地想着他,但是他的心已经离你而去了。这种事,我本来是不想说的……"

香澄动摇了。就这样继续一点一点破坏他们之间的信任就好,陷入'被背叛的话,自己也背叛他'的心理,说出共犯的名字,最终查明真相。

本应是这样的。

但是香澄动摇的表情,忽然就消失了。

"没有那样的事,占卜终究是占卜呀。完全错了。"

她嘴角微微上扬,露出嘲讽般的笑容。

"不会的,前世的你们……"

"前世什么的无所谓,只要现在幸福就好了。而且我们现在,深深地爱着对方,不管谁怎么说,那都是事实。"

"也许你是那么认为的……"

"只要我是那么认为的就行了吧?"

"但是……"

"好了,不用说了。"

刚刚还热心倾听的香澄,突然失去了兴趣。

怎么回事?

果然临阵磨枪的用冷读术来操控人心是鲁莽的尝试吗?绘麻一度带入话题,自认为赢得了对方的信任,难道连这都是香澄的演技吗?

出了什么纰漏?肯定是哪里弄错了。

绘麻在脑海中反复回味着对话。

"差不多可以了吧?审讯已经结束了吧?"

那一瞬间,有个想法一闪而过。

"等等。"

"还有……什么事。"

"是我赢了哦。"

微微歪头的香澄抬眼看着绘麻。

"我知道你的共犯是谁了。"

要活着,西野。

绘麻一边和香澄互相盯着,一边祈祷。

7

西野圭介睁开眼,眼前一片漆黑。

即使多次眨眼，视野范围内还是漆黑一片。

我这是怎么了？

即使想喃喃自语，从口中发出的也只有幽幽的呻吟。一动手脚，就响起金属摩擦撞击的嘎达嘎达声。

想起来了。

西野坐在椅子上，手脚都被绑着，眼被蒙着，嘴里被塞了东西。

但是，不明白为什么会变成这样。

西野脑袋昏昏沉沉的，试着回忆。

和楯冈吵架后，西野从新桥的小酒馆出来给香澄打了电话。她说'想见你'，西野就搭乘出租车赶往了代官山。相遇以来还是第一次被她邀请去家里，但是西野没有丝毫兴奋的感觉。

仔细想想，楯冈的指责是对的。香澄感兴趣的只不过是用谎言伪装的自己，关于存款和父母资产的问题，西野一直模棱两可地支吾着。

"我愿意相信人，想要怀着一颗相信的心而活。"

愿意相信人。嘴上这么说着，事实上却一本正经地撒了谎，根本是自相矛盾的。

香澄的房子是精装修的豪华公寓，西野也没有看到他照顾生病的父亲，至此才开始对香澄的身世抱有怀疑，但他又认为伪造身份的自己也没有责备她的资格。

西野一口气喝完香澄推荐的红酒，借着酒劲说了出来。

"香澄，不好意思！我其实不是医生，是警视厅的刑警，之前一直在说谎。"

香澄一脸吃惊，但马上就微笑起来。西野觉得对方是一个心灵美丽，自己配不上的人。

但是，他已经不打算继续沉浸在香澄的温柔里了，他有不得不这么做的理由。

西野说出了一切。虽然中途觉得倾诉的对象不太合适，但没能停下来。

"所以，对不起了。我当时有点得意忘形了，其实我对你没什么感觉，大概以后也不会有。"

低着的头沉重得有些异常。在新桥的小酒馆也没怎么喝，来房间后也只喝了一杯红酒，可是头怎么也抬不起来。

"随便你怎么处置我都没关系，因为我伤害了香澄……所以你打我也好踢我也罢，嗯，踢踢踢……"

变得话都说不明白了。头一直往下沉，磨得锃亮的大理石地板上倒映出的自己的脸正在慢慢靠近。

"是吗……知道了，那我就随便处置了呢。"

香澄说完这句话之后，西野就失去了意识。回过神来，身体已经被绑着了。那之后过了多久呢？眼睛被蒙着分不清是白天还是黑夜，对时间的感觉也很模糊。有人送来了几次饭，只有那个时候嘴里塞的东西才被取出去。对用勺子喂他吃饭的人提问，也没有得到任何回应。然后用餐过后不久又会失去意识，看来是在饭菜里面混入了安眠药。虽说如此，但他并没有打算拒绝吃饭。

尽可能地在睡着的时候——西野想。

虽然完全掌握不到情况，但是不难想象犯人没打算放了自己。

脑海中浮现出家人的面孔，接着是朋友们的面孔，一个一个浮现又消失。至少让我说几句遗言啊，脑海中盘旋的回忆夹杂着悔恨。最后浮现的是，楯冈的脸。

眼罩的内侧变得湿热起来，滑溜溜的快要垂下来了。吸了好几次鼻子也无法抗拒地心引力，鼻涕从上嘴唇流过下嘴唇，停留在下巴上，一下子掉落下去。

讨厌……讨厌，不想就这样死去，我还有很多没做完的事情。

救救我……楯冈前辈，救救我！

西野一边颤抖着肩膀，一边发出沉闷的呜咽声。

这时，远处响起转动钥匙的声音。不知是不是因为被蒙上了眼，听觉比平时更加敏锐。

门打开，又关上。那不是这个房间的门，是更远处，大概是从这栋楼的大门处传来的。

到底是谁？有什么目的？西野紧绷身子，侧耳听着粗暴走动的脚步声和门的开闭声。

渐渐变大的脚步声在房门前停了下来。

打算干什么？打算对我干什么？

西野拼命地向后靠着，张大鼻孔呼吸。

把手转动，门打开了。

紧接着，将四肢绑得紧紧的金属铁丝被卸下。西野全身无力，泪腺决堤，再次涌出的泪水湿润了黑暗的视野。

蔻依的香水味钻进鼻孔。

"找到了!在这里!"

数人的脚步声逐渐靠近。其中一人走近跟前,粗暴地拿下西野的眼罩。

久违的光亮太刺眼,西野不禁背过脸。暂时闭上眼睛,微微睁开一条缝去适应光线,然后慢慢地转过头看向正面。

楯冈一脸坏笑地站在那里探头望向这边。

"一个大男人哭哭啼啼的干什么哟,这个笨蛋!"

是在拍视频吗?楯冈的右手拿着手机,真是个坏心眼的人啊。

即便如此,现在这个自称二十八岁的巡查部长前辈的毒舌,从未有过地让他感到舒心。

8

"辛苦了!"

西野拿着酒杯碰过来。因为身体过分靠近,亲密接触距离被入侵,绘麻一边应对着一边不知不觉地抽开身子,真是太怀念了。

"今天也好好努力了一天呀!"

喉咙发出咕噜咕噜声,西野对着举起的酒杯露出爽快的笑容,那动作简直就像拍啤酒广告。

"你今天没做什么事吧?"

"说什么呢,我可是让楠木百合香和谷田部香澄这对能载入日本犯罪史的连环杀手完全招供了呀！"

"哈？让她们招供的是我好吗？说起来，你连陪审会都没参加吧？"

香澄的共犯是诊疗内科的主治医生楠木百合香。

他背叛了你啊。

本以为被冷读术看破了一切，心理正被逐渐支配的香澄突然态度转变，是因为"他"这个关键词。香澄的身份比较特殊。

她没有工作，过着在各种各样的场所物色猎物的生活。同时患有表演型人格障碍，但交友关系里基本不存在女性。

绘麻马上意识到楠木百合香就是共犯。一说出那个名字，她就兴奋到了极点，连抗抑郁症药剂都无法抑制她做出安慰行为。

正在诊所接受患者咨询的楠木百合香被搜查员传唤时做出了激烈的抵抗，警察以妨害公务罪和伤害罪对她实施了逮捕。在取得搜查令之后，对她家进行了搜查。

"让她服用双倍抗抑郁症药剂来面对审讯的，是我。不是香澄，是我想到的。"

接受审讯的楠木百合香的语气与其说是包庇恋人，更像是在夸耀自己的犯罪伟业。让一个有极端自我表现欲的精神病患者招供并不难，一刺激她的自尊心，楠木百合香把还未调查清楚的案件都招了。与这对儿女同性恋连环杀手有关联的男性，最终达到了十二人。

知道共犯的招供后，香澄也承认了所有的罪行。

"确实我这次没有参加陪审，但是……"

说到这，西野哼的一声得意地擦了擦鼻尖。

"什么啊，装模作样的，还是一如既往的令人讨厌呢。"

"竟然这么说我……还是一如既往的苛刻啊。"

西野似乎有点高兴地挠着后脑勺。

"森永那家伙，审讯中离开了座位好几次吧？"

"嗯，每次都中断审讯好麻烦啊。明明那么年轻，怎么老跑厕所。"

绘麻明白不是那么回事。"可以去厕所吗？"从位置上站起来的森永脸色潮红，表现出再三触摸喉结的安慰行为。很明显，他对绘麻照顾嫌疑人情绪的审讯感到焦急。

"没错，实际上那家伙每次从审讯室出去，都在抱怨那样能行吗？想换我去负责呢。但是我又不可能代替他去，所以就安慰他说这次就拜托了，让他回到审讯室。"

"哦，这样啊。他还说我是混蛋绘麻，我再也不想和他一组了。"

西野又叫了一杯酒。拿到新装满的酒杯，喝了一半，用手背擦了擦嘴角。

"所以呀，我想过了。果然，能和楯冈前辈组队的就只有我。看上去是没能力，但是我能忍受楯冈前辈旁若无人的言行，为审讯做贡献。如果没有我，不是就没有能陪同楯冈前辈审讯的刑警了吗？所以我们就像大葱鸡肉烤串，我是大葱，楯冈前辈是鸡肉。因为我的存在，楯冈前辈的能力才能显示出来。"

从心底被惊到了。但是，绘麻又很享受这种感觉。

"你啊……在某种意义上真是天才。把认知因素结合起来使之合理化，推导出对自己有利的结论，是个自我肯定的天才。"

"是的，就是那样。如果我不是那种人的话，就不能一直和楯冈前辈在一起了……不是吗？"

自信满满的眼神看起来像另外一个人一样，绘麻的内心掀起一丝波澜。

"什么呀……说得有点过分了吧，好像我全身都是缺点一样。"

"是的哟，楯冈前辈全身都是缺点。而我的存在，就是为了弥补那些缺点。"

绘麻的脸颊变得热起来，端起酒杯一饮而尽，企图把脸红归咎于酒精。

为什么犯人们会对绘麻的审讯步骤了解得那么详细，从而制定了对策呢？

西野被绑架前后的记忆像是被遗落到某个地方了一样，刑警同事向他询问情况时，关于那部分的叙述也是含糊其词。最终判断，造成这样的原因是受到强大的压力导致了短暂性记忆障碍。

但是在审讯香澄的过程中，绘麻明白了其中的情况。

西野喝了一杯红酒，趁势说出了分手的话，应该也说了自己是刑警的事。楯冈前辈的事……说了吧，说了吗？

如果嫌疑人真的利用了楯冈前辈的能力，那就证明我应该是说了……我为什么会说楯冈前辈的事呢？对不起。当时意识模糊，老实说，我已经不太记得那段时间里发生的事了。

那么说着歪着头的西野，说是举办了一场安慰行为的展览会也不为过。

"但是，这次对不起了。因为我轻率的行动，引起这么大的骚动……"

绘麻伸手阻拦把头深深低下的西野。

"别这样，太不正常了。你的轻率不是很常见的吗？不轻率就不是你了。"

"不必说到这个地步吧？"

抗议的西野，像是完全没事一样。

"而且如果被绑架的不是你，我也不会发现楠木和谷田部的罪行。某种意义上是你的功劳，你的轻率，救了本来应该会被杀的谁。"

"是吧，果然我……"

瞬间变成笑脸的西野探出身子。

"所以不要得意忘形呀。"

立刻被打住的西野，无聊地嘴巴抿成了八字，举起酒杯难过地仰望虚空。

"不过，在哪里呢……我的幸福。"

"不是在夜总会吗？"

"别取笑我了，即使这样，我这次也考虑了很多的。"

西野不满地皱起眉，"啊"了一声，一副想起什么的表情。

"说起来，楯冈前辈你怎么样了，和那个家伙。"

好像是在问电话的事。当时因为吵架，话只说了一半。

"嗯……总之，今天就结束了。"

双手放在柜台上，绘麻点点头。

"欸……怎么回事？果然还是分手了吗？"

西野不可思议地盯着绘麻一脸轻松的侧脸。

"什么果然……你什么意思啊。"

"啊……不是，那个，不是楯冈前辈想的意思……"

看着他语无伦次辩解的样子，绘麻舒展了眉头，一边盯着酒杯中漂浮又消散的气泡，一边说道："他呀，和我打电话的山下先生……其实是小平山手警署的刑警。"

"真的吗？欸……楯冈前辈，你这么说，是怎么回事？不会是因为对方有妻子什么的吧……"

西野突然变得惊慌失措起来。

"你误会了，我只是咨询山下先生某个案件的调查情况。"

"某个案件是……"

绘麻从手提包里拿出对折了两次的纸，打开给西野看。那是一个男人的肖像画，干爽的黑发，细长而清秀的眼睛，薄薄的嘴唇加上尖尖的下巴。没什么特征，是一副给人印象不深的五官，但是长得端端正正，也能让人产生好感。

"这个是……"

"你好歹也是刑警，应该也见过这张肖像画吧。这十五年前发生在小平市的女教师奸杀案件的犯人……山下先生现在还在负责那个案件，是唯一的专案调查员。"

"确实是有印象。但是，为什么楯冈前辈对这家伙……"

"受害人栗原裕子，是我高中时候的班主任……而且这张肖像画，是根据我的证词画的。"

西野稍微鼓起厚厚的胸膛，停止了动作。

9

十五年前。

绘麻在栗原裕子的公寓里一边看电视，一边等着裕子回来。重新盖上被炉的被子，从摆在桌上的盘子里抓起吃剩下的薯条。无所事事地用遥控器换着电视频道，不管哪个台都在播放年末的特别节目，让人不禁感慨："今年也结束了吗？"大家吵吵嚷嚷、热热闹闹地看这些节目也还好，但一个人看就会很无聊，总觉得有点寂寞。

绘麻站起来，拿下彩色收纳箱上面的相框，相片中被未婚夫抱着肩膀的裕子露出安心的笑容。

和想象中一样。绘麻想起裕子未婚夫那副朴实寡言、诚实的样子，独自发笑起来。平凡的外表、温厚的性格、稳健的未来规划，如果是自己的话绝对不会把他当作恋爱对象，但是对一心一意只想组建家庭的裕子来说，他是完美的。即使只在一起待了三个小时，绘麻也能确切感受到裕子的选择是正确的。

走近窗边，拉开窗帘看向外面。自行车驶过安静的住宅区街道，握着把手的男人嘴中吐出白色的雾气，看着都觉得冷。

"在干什么呢？"

绘麻自言自语，回头看这裕子留在桌上的小灵通。

裕子送第二天很早就要起来工作的未婚夫去了最近的车站，但是离他们出门已经过了三十分钟了。

虽然在意，但是绘麻没有出门确认。如果自己去了，也许会打扰到惜惜分别的两个人的谈话。万一看到接吻的画面，也不知道该做何反应。

绘麻再次钻进被炉，望着无心观看的电视。但是，怎样都放心不下来。离裕子出门已经过了一个小时，也差不多该回来了。

绘麻按捺不住担心，走出了房间，但房前一个人影都没有。她在公寓的周围转了转，最后又走到了最近的车站看了看，但没有碰到裕子。

难道是在哪里错过了？是已经回去了吗？绘麻这样想着回到公寓，爬上了裕子房间所在的三楼。

房间里没有裕子的身影。绘麻不知所措，再次出门而去。

那个时候，同一层的另一个房间出来一个男人。他一头干爽的头发，看上去和绘麻同龄。他语气平静地问了一句"怎么了"，绘麻由此判断对方要比自己年长。

男人惊讶地盯着绘麻，绘麻看向裕子房间的门。男人也跟着向后看去，像是理解了一样点点头。

"啊，你是那个美女老师的妹妹吗？"

绘麻后悔自己为什么没对那句话产生怀疑，是很久以后的事了。那是面向单身者的公寓，入住者之间基本没有交流。绘麻成为警察后翻看了当时的调查资料，上面记录着，即使是认识裕子的人，也没人知道她的职业。

"不是妹妹，是学生。"

绘麻否定道，男人像是大失所望一样耸耸肩。

"是吗？因为你也非常漂亮，我还以为一定是她妹妹呢。"

一眼看上去笑容爽朗，是会让人产生好感的一张脸。但是，绘麻从男人的瞳孔深处感受到莫名的险恶，她当时没有明白那股气息源于何处，仅仅判断他为生理上接受不了的类型。收起下巴，上身后仰，脚后跟后移，想要拉开与对方的心理距离。

"那个老师，怎么了？"

"没，没事的……"

"不是一副没事的表情啊。"

"真的没事，马上就会回来了吧？"

"还没有回来吗？"

男人露出惊讶的表情，如果是现在的话，绘麻定能一眼看穿那个表情是演出来的。

男人说的话全部是谎言，所以当时自己也出于本能进行了防备。

"那还真是让人担心啊，不如我帮你一起找吧。"

"不用了。"

那人踏出一步，绘麻后退一步。

"要不要报警？不介意的话，可以用我家的电话。"

打开房门，男人做出一副邀请的样子。

"不用了，也没过多长时间，老师也许是在便利店看书呢吧。"

向后退得太多，绘麻的背撞到了走廊的扶手。

"真的，没问题吗？"

"是的。"

男人盯着绘麻看了一会儿，最后放松表情，点了点头。

"是吗……好吧，那……再见了。"

留下一个眯着眼睛的微笑，男人消失在房间中。

之后绘麻也在公寓周围找了一会儿，但是没有发现裕子。她用房间里裕子的小灵通联系了她的未婚夫，她的未婚夫马上报了警。警方搜查了一整夜，仍没有找到任何踪迹。

发现被施暴的裕子的尸体，是五天后的事了。

发现尸体的地点，是和绘麻说过话的那个男人的房间。

10

"但是现在都还没抓到犯人，不奇怪吗？"

西野抱有怀疑是理所当然的。

"确实如此。如果犯人是同一栋公寓的住户的话……但是，犯人只是在那个房间，并不是住在那栋公寓。"

绘麻咬着嘴唇，缓缓地摇头。

"怎么回事？"

"那个房间，其实是没有被租出去的空房间。因为门上挂着电力公司的申请书，所以警察也没有去那个房间打听情况……"

绘麻一直深深自责当时没有注意到那点。

"那么犯人是如何进到那个房间……"

"那个公寓用的是拨号式的挂锁，只要知道三位数的密码，谁都可以进入房间。"

"那么……犯人是不动产公司相关者……"

"好像也不是。当时调查本部彻查了那条线，但是没有发现有嫌疑的人……密码只有三位数，所以就算不是相关者，只要花点时间总能破解。"

"那样……"

"受害人的死亡推测时间是那天深夜到第二天早上……也就是，我和犯人接触的时候，老师还活着。"

第二天早上，犯人一副满不在乎的样子跨上停在停车场的自行车，消失在晨雾中，杳无踪信。因为调查进展不顺，不久后特别调查组就被解散了，直到现在都没抓到犯人。

"所以楯冈前辈，才当刑警……"

"已经结束了，结束了。"

绘麻双手抱着后脑勺，靠在椅背上虚张声势。

"那个案件今天就过时效了，事到如今追缉犯人也无济于事，总不能以个人名义报仇吧。如果允许那样的事，警察的存在就没有意义了。"

"但是……"

绘麻无视了西野靠近的脸,一饮而尽,举起酒杯。

"老板,再来一杯。"

"楯冈前辈。"

"已经过了十五年了……十五年。"

绘麻试着说给自己听,但是心情一点都没有变好。法律上案件会结束,可是什么时候才能在心里画上句号呢?那一天,也许永远都不会到来。

她假笑着面对一脸担心的西野,这时手机突然震了起来。

是小平山手警署的山下。

"失陪一下。"

打断西野后,把手机贴在耳朵上。

"辛苦了。"

"楯冈……"

持续追查了十五年的案件,未解决就迎来了结束,山下也想对谁倾诉吧。虽然没有抓到犯人,但是每年都顶着人手不足的压力,已经干得不错了,绘麻心存感激。

"山下先生,事到如今……"

辛苦了。绘麻想说些慰劳的话,这位年近六旬的中年刑警,大概是要带着悔恨离开警视厅了。

但是,山下没有把话听到最后。

"两个月前世田谷区下马街道的案件,还记得吗?"

这才注意到山下的声音里透出的兴奋。

"嗯，嗯嗯……"

虽然那起案件不是我负责的，但是因为被媒体大肆报道，所以记得比较清楚。当时有一名年轻的女性被杀害，警方逮捕了与她交往的男人。听说虽然嫌疑人一开始招供了，但在初次公审时，却开始主张是自己是被逼招供的。

"那起案件，可能真的弄错了。"

"为什么？"

"从现场采集的毛发中提取到的 DNA，和十五年前小平市女教师奸杀案犯人的 DNA 一致。"

视野剧烈摇晃，山下喋喋不休的声音直接穿过耳膜。

那……再见了。

十五年前的声音在耳畔苏醒，兴奋和恐怖交织着，复杂的情感爬上绘麻的背脊。

绘麻挂掉电话，用力地上下耸动肩膀调整呼吸。用湿巾擦拭着湿润的手掌，西野战战兢兢地偷偷看过来。

"楯冈前辈……没事吧？"

西野一脸担心地皱着眉。

"肯定没事啊。"

说着她拍了拍后辈巡警的肩膀，确实是虚张声势了。

绘麻会心一笑，不知不觉摆出十指指尖结合的动作。

"你以为……我是谁呀？"

SILENT · VOICE ~ KOUDOU SHINRI SOUSAKAN · TATEOKA EMA
by
Copyright © SEINAN SATO
Original Japanese edition published by Takarajimasha, Inc.
Simplified Chinese translation rights arranged with Takarajimasha, Inc.
Through AMANN CO., LTD.
Simplified Chinese translation rights © 2021 by Power TIME COMPANY .

图书在版编目（CIP）数据

沉默的声音：行动心理搜查官·楯冈绘麻 /（日）佐藤青南著；段世华译 . -- 北京：台海出版社，2021.1（2022.9重印）
ISBN 978-7-5168-2244-9

Ⅰ. ①沉… Ⅱ. ①佐… ②段… Ⅲ. ①推理小说－小说集－日本－现代 Ⅳ. ① I313.45

中国版本图书馆 CIP 数据核字 (2020) 第 236844 号

版权合同登记号　图字：01-2020-6527

沉默的声音：行动心理搜查官·楯冈绘麻

著　者：[日]佐藤青南	译　者：段世华
出版人：蔡　旭	封面设计：李宗男
责任编辑：员晓博	

出版发行：台海出版社
地　　址：北京市东城区景山东街 20 号　　邮政编码：100009
电　　话：010-64041652（发行、邮购）
传　　真：010-84045799（总编室）
网　　址：www.taimeng.org.cn/thcbs/default.htm
E - mail：thcbs@126.com

经　　销：全国各地新华书店
印　　刷：嘉业印刷（天津）有限公司
本书如有破损、缺页、装订错误，请与本社联系调换

开　本：880 毫米 ×1230 毫米　　1/32	
字　数：190 千字	印　张：8
版　次：2021 年 1 月第 1 版	印　次：2022 年 9 月第 2 次印刷
书　号：ISBN 978-7-5168-2244-9	

定　价：48.00 元

版权所有　　翻印必究